MAXIMILIAN

& THE CURSE OF THE FALLEN ANGEL

A Bilingual Lucha Libre Thriller

★ ★ ★ ★ ★ ★ ★ ★

MAXIMILIAN

& THE CURSE OF THE FALLEN ANGEL

A Bilingual Lucha Libre Thriller

★ ★ ★ ★ ★ ★ ★

Written and Illustrated
By Xavier Garza

CINCO PUNTOS PRESS
El Paso ★ Texas

FIRST EDITION
10 9 8 7 6 5 4 3 2 1

Library of Congress Cataloging-in-Publication Data

Names: Garza, Xavier, author.
Title: Maximilian and the Curse of the Fallen Angel : A Bilingual Lucha Libre Thriller / by Xavier Garza. p. cm.
Description: First edition. | El Paso, Tex. : Cinco Puntos Press, [2019] | Summary: After one last fight, the Guardian Angel will retire as the most famous luchador but his nephew, eighth-grader Maximilian, hopes to one day take over his name and his mask.
Identifiers: LCCN 2019010014| ISBN 978-1-947627-30-7 (cloth) ISBN 978-1-947627-31-4 (paperback) | ISBN 978-1-947627-32-1 (ebook)
Subjects: | CYAC: Wrestling—Fiction. | Heroes—Fiction. | Uncles—Fiction. | Mexican Americans—Fiction. | Family life—Texas—Fiction. | Texas—Fiction. | Spanish language materials—Bilingual.Classification: LCC PZ73 .G36822 2020 | DDC [Fic]—dc23.
LC record available at https://lccn.loc.gov/2019010014

We had a lot of técnicos on our side for this book! Thank you to Luis Humberto Crosthwaite for making a Spanish translation that keeps all the fun of Xavier's English. Thank you to Sylvia Zéleny, bilingual wonder, for her edits on the Spanish. Last but not least, thank you to Jill Bell, Kamille Montoya, and Taylor ffitch (not a typo!) for their diligent and eagle-eyed copy editing.

Book and cover design by Sergio Gómez, el designer más machín.

A MESSAGE TO THE READERS

★ ★ ★ ★ ★

It seems like only yesterday I was having a conversation with Lee and Bobby Byrd about an idea I had for a book about a kid who loves lucha libre. The inspiration for *Maximilian and the Mystery of the Guardian Angel* sprung from a short story I wrote about a kid that goes to see lucha libre with his uncle and ends up getting into a tug of war with a girl over his favorite wrestler's mask. Little did I know that the story that I had titled, "Adventures in Mexican Wrestling," would lead to four books about the escapades of Maximilian in a world filled with masked heroes and villains. This journey wouldn't have been possible without the support of the wonderful folks at Cinco Punto Press in El Paso. I can honestly say that working with Lee Byrd in particular has made me a much better writer. I can't say enough about just how thankful I am for all your advice and edits.

I want to dedicate this fourth installment in the Maximilian series to everybody at Cinco Puntos Press. I wouldn't have been able to introduce *Maximilian and the Guardian Angel* to the world without you all. I also want to thank you readers for supporting me over the years, and I leave you with this message: Maximilian and the Guardian Angel will return...again. The best is yet to come!

—**Xavier Garza**

1
THE AZTEC MUMMY LIVES!
¡LA MOMIA AZTECA VIVE!

Standing at the very top of an ancient temple, we watch as five Aztec priests chant the name of their ancient god of death: Mictlantecuhtli!

"We ask that you restore life to the mummified remains of your ancient servant whom we have placed on your altar," one of the Aztec priests beseeches. "Restore life to him so that he might carry out your plans of death and destruction."

"Mictlantecuhtli! Mictlantecuhtli! Michtlantecuhtli!" they chant again and again, their chorus growing louder and louder till it has its desired effect.

Parados en la cima de un templo ancestral, miramos a cinco sacerdotes aztecas que cantan en coro el nombre de su antiguo dios de la muerte: ¡Mictlantecuhtli!

—Hemos puesto en tu altar los restos momificados de tu servidor con el fin de que los devuelvas a la vida —implora uno de los sacerdotes aztecas—. Dales vida para que puedan llevar a cabo tus planes de muerte y destrucción.

—¡Mictlantecuhtli! ¡Mictlantecuhtli! ¡Mictlantecuhtli! —los sacerdotes corean una y otra vez. Su canto aumenta cada vez más de volumen hasta que obtienen el efecto deseado.

The mummy begins to rise up slowly and rears its head in our direction. Yellowed bestial eyes stare at us from underneath the tattered remnants of a centuries-old lucha libre mask. The ancient fiend known as the Aztec Mummy now lives! Again!

"I'm scared, Max," says my horrified sister Rita.

"Don't you worry," I tell her. "Gus went to go get help. He won't let us down."

"I hope you're right," says Little Robert.

"Bring me the girl!" demands the Aztec Mummy. "She will be the first to be sacrificed to the ancient god Mictlantecuhtli." The high priests grab Rita and force her up to the altar.

"They're taking Rita!" screams Little Robert.

"Leave our sister alone!" I cry out and punch one of the high priests in the jaw. Little Robert—who has hit a major growth spurt during the summer and is now as tall as I am—tries to help, but it's no use. There are just too many of them. We watch helplessly as two of the high priests hold Rita down on the sacrificial altar. The Aztec Mummy walks towards her with an obsidian knife in his hand.

"I will rip your still-beating heart from your chest, my child," he warns her. "Your heart and those of your brothers will be placed in the cauldron of the eternal flame. They will be burnt offerings served up to the god Mictlantecuhtli." It seems all hope is lost: Rita is doomed, and after her, us!

"I found him!" cries out my friend Gus who has just arrived. He hasn't returned alone.

⭐ La momia empieza a levantarse lentamente y gira la cabeza hacia donde estamos. Nos miran fijamente unos ojos amarillos bestiales debajo de los restos andrajosos de una antigua máscara de lucha libre. ¡El viejo demonio conocido como La Momia Azteca vive! ¡De nuevo!

—Tengo miedo, Max —dice mi aterrada hermana Rita.

—No te preocupes —le digo—. Gus fue a buscar ayuda. No nos defraudará.

—Ojalá tengas razón —dice Robertito.

—Tráiganme a la niña —ordena La Momia Azteca—. Será la primera sacrificada ante el antiguo dios Mictlantecuhtli.

El sumo sacerdote agarra a Rita y la obliga a subir al altar.

—¡Se llevan a Rita! —grita Robertito.

—¡Deja a nuestra hermana en paz! —le grito y le doy un puñetazo en la mandíbula a uno de los sacerdotes.

Robertito —quien se ha desarrollado durante el verano y ahora es tan alto como yo— intenta ayudar, pero de nada sirve. Son demasiados. Miramos impotentes cómo dos de los sumos sacerdotes sostienen a Rita sobre el altar de los sacrificios. La Momia Azteca camina hacia ella con un cuchillo de obsidiana en la mano.

—Arrancaré el corazón de tu pecho, mi niña —le dice—. Tu corazón y luego el de tus hermanos estarán en el caldero de la flama eterna. Serán ofrendas dedicadas al dios Mictlantecuhtli.

Parece que todo está perdido. Rita está perdida y después de ella, ¡nosotros!

—¡Lo encontré! —grita mi amigo Gus que acaba de llegar. No ha regresado solo.

Standing behind him is the towering presence of the masked lucha libre hero who the world calls the Guardian Angel!

"Have no fear, children," declares the Guardian Angel. He leaps up on the sacrificial altar. The Aztec Mummy backs away from Rita, creeping low with fright.

"Look out," I cry, trying to warn the Guardian Angel. The priests are sneaking up behind him.

"I see them, Max," he says. He turns around to face the priests. "I will send these evil abominations back to the fiery flames of hell where they came from." They charge at the Guardian Angel, but a series of kicks and punches leaves them all lying unconscious on the altar. The Aztec Mummy lunges at the Guardian Angel with his knife, but the mighty hero dodges the blade and greets the centuries-old fiend with a barrage of left and right uppercuts that have the villain reeling.

But then, as if drawing power from a dark and malevolent force, the Aztec Mummy shakes off the Guardian Angel's blows and grabs the great hero by his throat. He hoists the Guardian Angel up into the air and throws him off the temple!

"No," I cry out in disbelief. The Aztec Mummy has hurled the Guardian Angel down to his death. The Aztec Mummy turns his attention back to us.

"Mictlantecuhtli demands to be fed," he cries out.

"He's coming after me!" screams Rita. She tries to escape, but the Aztec Mummy has her cornered.

⭐ Parado detrás de él se encuentra la presencia monumental de ese héroe enmascarado de la lucha libre que el mundo llama ¡El Ángel de la Guarda!

—No teman, chicos —nos dice El Ángel de la Guarda. Brinca encima del altar de los sacrificios. La Momia Azteca se separa de Rita, apartándose atemorizada.

—Cuidado —grito, tratando de advertirle al Ángel de la Guarda que los sacerdotes se le acercan por atrás.

—Ya los vi, Max —dice. Se voltea para enfrentar a los sacerdotes—. Mandaré a estas malditas abominaciones de regreso a las ardientes llamas del infierno de donde vinieron.

Se lanzan sobre El Ángel de la Guarda, pero una serie de patadas y golpes los deja inconscientes sobre el altar. La Momia Azteca se lanza contra El Ángel de la Guarda con su cuchillo; pero el poderoso héroe esquiva la navaja y le da la bienvenida a la antigua bestia con una serie de golpes a la derecha y a la izquierda que la dejan tambaleándose.

Pero entonces, como si jalara poder de una fuerza malévola y oscura, La Momia Azteca se sacude los golpes del Ángel de la Guarda y agarra del cuello al gran héroe. ¡Levanta al Ángel de la Guarda y lo arroja fuera del templo!

—No —grito con incredulidad. La Momia Azteca ha arrojado al Ángel de la Guarda hacia una muerte segura. De nuevo somos el centro de atención de La Momia Azteca.

—Mictlantecuhtli quiere comer —grita.

— ¡Viene por mí! —exclama Rita. Trata de huir, pero La Momia Azteca la tiene atrapada.

"Stay away from my sister!" I leap on the Aztec Mummy's back and try to bring him down, but he's too strong. Angered by my act of defiance, the Aztec Mummy grabs me by my shirt and lifts me up till my feet can't touch the floor any more. As I try to break free from his grasp, I hear a sound not unlike that of an approaching jet engine.

"What is that infernal noise?" asks the Aztec Mummy. We look up and witness the impossible. A man is flying across the sky! But it's not just any man. It's the Guardian Angel! He delivers a crushing two-fisted blow to the Aztec Mummy's chest!

"It can't be," declares the stunned mummy. "How did you survive the fall?" Then, as if to answer the villain's question, the Guardian Angel descends slowly onto the temple, rocket exhaust escaping from the soles of his wrestler boots.

"The Guardian Angel has flying rocket boots," screams Little Robert. "That is so cool!" The Guardian Angel delivers a series of kicks and punches that serve to weaken the Aztec Mummy. He then pumps his fist into the air and lifts his fumbling opponent off the ground.

The Guardian Angel is about to deliver the Hand of God to the Aztec Mummy, and he is going to do it at the top of an Aztec temple! He slams the Aztec Mummy down so hard that the impact causes the cauldron of the eternal flame to tip over onto the hellish villain. The Aztec Mummy shrieks in pain as its mummified body is engulfed by the flames!

★ —¡Aléjate de mi hermana! —Brinco sobre la espalda de La Momia Azteca y trato de tumbarla, pero es demasiado fuerte. Enfurecida por mi desafío, La Momia Azteca me agarra de la camisa y me levanta hasta que mis pies no tocan el suelo. Mientras trato de soltarme, escucho un sonido como de avión supersónico.

—¿Qué es ese ruido infernal? —pregunta La Momia Azteca. Miramos hacia arriba y nos volvemos testigos de lo imposible. ¡Un hombre que vuela a través del cielo! Pero no es cualquier hombre. ¡Es El Ángel de la Guarda! ¡Propina golpes con sus dos puños al pecho de La Momia Azteca!

—No puede ser —dice la momia, aturdida—. ¿Cómo sobreviviste la caída?

Entonces, como si fuera una respuesta a la pregunta del villano, El Ángel de la Guarda desciende lentamente sobre el templo, gases de cohete escapando de las suelas de sus botas de luchador.

—El Ángel de la Guarda tiene botas de cohete —grita Robertito—. ¡Que chido!

El Ángel de la Guarda propina una serie de patadas y golpes que debilitan a la Momia Azteca. Sube el puño al aire a la vez que levanta del suelo a su oponente.

El Ángel de la Guarda está a punto de propinar la Mano de Dios a La Momia Azteca, ¡y lo hará en la cima del templo azteca! Deja caer a La Momia Azteca con tal fuerza que hace que el caldero de las llamas eternas se caiga encima del villano infernal. ¡La Momia Azteca chilla de dolor mientras su cuerpo momificado se consume en el fuego!

Standing behind the Guardian Angel, we watch as the Aztec Mummy falls off the temple to his fiery death below.

"And cut!" yells film director Rogelio Agrasanchez. Two crew members rush over to the platform that caught the Aztec Mummy as he was falling and use fire extinguishers to put out the flames.

"I can't believe I'm actually going to be in a movie," shrieks an overly excited Rita.

"Don't you go all Hollywood on me, girl," warns our mother, Braulia. She is watching from the sidelines, stern-faced as always.

"I can't believe I saw a man be set on fire," says my father, Ventura. He has found a whole new admiration for movie stuntmen.

"I can't believe that I haven't eaten in two whole hours," says Little Robert. "When can we go back to the food trailer?" Little Robert's growth spurt has been accompanied by a never-ending appetite that seems to grow bigger and bigger by the day.

Tio Rodolfo, who is secretly the Guardian Angel, invited us to come with him to Mexico City this summer where he has been filming his latest movie. He also invited us to be extras in the film. Of course we said yes. I mean, who would pass up a chance to be in a movie?!?

Gus, the grandson of Vampire Velasquez who lives in Mexico City with his mom, has come to hang out with me for the day and ended up being in the film too.

"Are we done for today, Rogelio?" asks the Guardian Angel.

Parada detrás del Ángel de la Guarda, miramos a La Momia Azteca caer del templo hacia una muerte segura.

—¡Y corte! —grita el director de cine Rogelio Agrasánchez. Dos miembros del equipo corren hacia la plataforma que capturó a La Momia Azteca mientras caía y usan extinguidores para apagar el fuego.

—No puedo creer que voy a salir en una película —grita una Rita súper emocionada.

—Que no se te suba la fama, muchacha —advierte Braulia, nuestra mamá, quien nos mira desde las orillas, su cara dura como siempre.

—No puedo creer que vi a un hombre en llamas —dice mi papá, Ventura. Ha renovado su admiración por los dobles de las películas.

—No puedo creer que no he comido en dos horas —dice Robertito—. ¿Cuando podemos regresar al camión de comida?

Un apetito permanente que parece crecer más y más cada día acompaña el crecimiento de Robertito.

Nuestro tío Rodolfo, quien en secreto es El Ángel de la Guarda, nos invitó a venir con él a la Ciudad de México este verano donde está filmando una película. También nos invitó a ser extras. Por supuesto que aceptamos. O sea, ¿¡quién dejaría pasar una oportunidad así!?

Gus, el nieto del Vampiro Velásquez, quien vive en la Ciudad de México con su mamá, ha venido a pasar el día conmigo, y termino saliendo saliendo en la película también.

—¿Acabamos por hoy, Rogelio? —pregunta El Ángel de la Guarda.

"I think we're good," says the film director. "We can continue shooting the rest of the scenes later in the week."

"Can we go eat then, tio?" asks Little Robert. "I'm starving!"

"How would you all like to go eat at the best taqueria in all of Mexico, maybe in the whole world?"

Little Robert's eyes widen. "What are we waiting for, tio? Let's go!"

—Parece que sí —dice el director de la película—. Podemos seguir filmando el resto de la semana.

—¿Podemos ir a comer, tío? —pregunta Robertito—. Tengo mucha hambre.

—¿Les gustaría comer en la mejor taquería de todo México, tal vez de todo el mundo?

Los ojos de Robertito se hicieron grandes. ¿Qué esperamos, tío? ¡Vamos!

2
TIO RODOLFO'S ANNOUNCEMENT
★ ★ ★ ★ ★ ★ ★
EL ANUNCIO DEL TÍO RODOLFO

"Welcome, Rodolfo!" A bearded man comes out from the kitchen to greet us.

"It's good to see you, Fernando," says Tio Rodolfo. "I've got my whole family with me. Is the room ready?"

"Absolutely."

"Is she here yet?"

"Not yet, but you know how she is."

"Always running late."

—¡Bienvenido, Rodolfo!

Un hombre barbudo sale de la cocina a recibirnos.

—¡Qué gusto verte, Fernando! —dice mi tío Rodolfo—. Traje a toda mi familia. ¿Está lista la sala?

—Por supuesto.

—Y ella, ¿ya llegó?

—Todavía no, pero ya sabes cómo es.

—Siempre llega tarde.

"What can I say, Rodolfo, my sister is a busy woman. But don't worry. She'll be here shortly."

"Who will be here shortly?" asks my mother, Braulia.

"I'll explain later," says Tio Rodolfo.

"Later? What's going on, Rodolfo?" asks Mama Braulia suspiciously.

"I promise I'll explain everything soon." Tio Rodolfo winks at her. "But for now just follow me to the Lucha Libre Room."

"The Lucha Libre Room?"

"That's what Fernando calls one of his dining rooms, Max. He dedicated the room to the history of lucha libre."

"More like made a shrine to your ego," says Mama Braulia as we enter. "As if it wasn't big enough already." There is literally a giant mural of the Guardian Angel's masked face at the center of the room, surrounded by dozens of other luchadores locked in combat.

"That's Black Shadow," I tell Tio Rodolfo. "That's the Tempest Anaya, he was your mentor. That's the tag team duo called the Medical Assassins, and that's the Red Demon."

"You know your luchadores well, young man," says the restaurant owner. "But do you know that one?" He points at a picture of a luchadora wearing a pearl-colored mask with an embroidered silver star.

"I sure do. That's Silver Star, the former lucha libre women's champion of Mexico."

—¿Qué te puedo decir, Rodolfo? Mi hermana es una mujer muy ocupada. Pero no te apures. Pronto llegará.

—¿Quién llegará pronto? —pregunta mi mamá, Braulia.

—Luego te explico —dice mi tío Rodolfo.

—¿Más tarde? ¿De qué se trata esto, Rodolfo? —pregunta Mamá Braulia sospechosamente.

—Te prometo que les explicaré pronto —el tío Rodolfo le hace un guiño—. Por ahora síganme a la Sala de Lucha Libre.

—¿La Sala de Lucha Libre?

—Así llama Fernando a uno de sus comedores, Max. Lo dedicó a la historia de la lucha libre.

—Es más bien un santuario a tu ego —dice Mamá Braulia cuando entramos—. Como si no fuera bastante grande ya.

Hay un mural gigante de la cara enmascarada del Ángel de la Guarda en el centro de la sala, rodeada por docenas de otros luchadores en medio de combate.

—Ese es Black Shadow —le digo a mi tío Rodolfo—. Ese es tu maestro, El Tempestad Anaya. Esos son la pareja de luchadores conocida como Los Médicos Asesinos, y aquél es El Demonio Rojo.

—Conoce muy bien a sus luchadores, joven —dice el dueño del restaurante—. Pero, ¿conoces a esa?

Señala el retrato de una luchadora con una máscara color perla y una estrella de plata.

—Claro que sí. Esa es Estrella de Plata, la que era campeona de lucha libre de México.

"She was more than that," declares Vampiro Velasquez, making one of his famous dramatic entrances. "She has been the only woman to have stolen the heart of the Guardian Angel."

"You loved this woman?" asks my mother, intrigued by the idea of Tio Rodolfo having been in love with anybody. "You were in love with this luchadora?"

"Love isn't a strong enough word," says Vampiro Velasquez, clutching his right hand over his heart. "He adored her. I mean he literally worshiped the ground she walked on. Didn't you, Rodolfo?"

"Sometimes, Vampiro, you talk too much." Tio Rodolfo is clearly uncomfortable with Vampiro's flare for drama.

"So, what happened?" asks Mama Braulia.

"It's complicated," says Tio Rodolfo.

"No, it isn't," says Vampiro very matter-of-factly. "He loved her, but he loved being the Guardian Angel more."

"You idiot!" Mama Braulia whacks Tio Rodolfo on top of his head. "You chose *that*..." she asks, pointing at the image of the Guardian Angel on the wall, "...you chose *that* over the woman you loved?"

"Is everybody done ganging up on me?" asks Tio Rodolfo. "I think the food is here."

"The best tacos in the world are here," says Little Robert, beaming at a monster-sized platter being wheeled into the room, packed with beef and chicken fajitas.

"Fernando, you are truly as skilled in the kitchen as you were in the ring," says Vampiro Velasquez.

"In the ring? Fernando was a luchador?"

—Fue más que eso —aclara El Vampiro Velásquez, haciendo una de sus famosas entradas dramáticas, con Gus a su lado—. Ella fue la única mujer que se ha robado el corazón del Ángel de la Guarda.

—¿Estuviste enamorado de esa mujer? —pregunta mi mamá, intrigada por la idea del tío Rodolfo enamorado de quien sea—. ¿Estuviste enamorado de esta luchadora?

—Enamorado es poco —dice El Vampiro Velásquez poniéndose la mano en el corazón—. La adoraba. Veneraba el suelo que ella pisaba. ¿A poco no, Rodolfo?

—A veces hablas demasiado, Vampiro —mi tío Rodolfo obviamente está molesto por la chispa dramática del Vampiro.

—¿Y qué pasó luego? —pregunta Mamá Braulia.

—Es complicado —dice el tío Rodolfo.

—No lo es —dice Vampiro como si hablara del clima—. Se enamoró de ella, pero estaba más enamorado de ser El Ángel de la Guarda.

—Eres un tarado —Mamá Braulia le da un golpe en la cabeza—. ¿Tú elegiste eso...? —pregunta señalando a la imagen del Ángel de la Guarda en la pared—. ¿Tú elegiste eso en vez de la mujer que amabas?

—¿Ya acabaron de amontonarse en mi contra? —pregunta mi tío Rodolfo—, porque parece que ya llegó la comida.

—Los mejores tacos del mundo ya llegaron —dice Robertito, echándole un ojo a un plato enorme, lleno de carne y pollo.

—Fernando, eres tan hábil en la cocina como lo fuiste en el ring —dice El Vampiro Velásquez.

—¿En el ring? ¿Fernando era luchador?

"Surely a lucha libre scholar such as yourself, Max, remembers El Carnicero Loco de Oaxaca?"

"The Mad Butcher from Oaxaca? I absolutely remember him." The pig-masked ruffian wore a butcher's apron into the ring. He was famous for choking his opponents with sausage links when the referee wasn't looking.

"After he retired from lucha libre, he opened a restaurant," says Vampiro Velasquez. "As a luchador he always bragged that he had learned the fine art of cooking meats from his father as a child." Vampiro grabs a beef fajita from off the platter and devours it in one bite. "He wasn't lying."

"I'm afraid somebody I want you to meet is running late," says Tio Rodolfo. "But we should all go ahead and start eating." You don't have to tell Little Robert twice. He rushes to the table, more than ready to devour the whole feast by himself.

"That would be rude of us," says Mama Braulia. "We'll wait for your friend to get here."

"But I'm hungry—" Little Robert protests. However, one stern look from our mother makes him think twice about finishing that sentence. "I guess we can wait..."

A very attractive woman appears at the door wearing a silver dress with a matching shawl draped over her shoulders.

"Sorry I'm late," she says.

She looks to be maybe five or six years younger than Tio Rodolfo. He escorts her to the table, slipping his arm through hers.

★ —Yo pensé que una autoridad de la lucha libre como tú, Max, recordaría al Carnicero Loco de Oaxaca.

—¿El Carnicero Loco de Oaxaca? Por supuesto que lo recuerdo. Era un rudo con máscara de marrano que entraba al ring con un mandil de carnicero. Estrangulaba a sus oponentes con tiras de chorizo cuando el réferi no estaba viendo.

—Abrió un restaurante después de que se retiró de la lucha libre —dice El Vampiro Velásquez—. Como luchador siempre presumía que heredó de su padre el fino arte de preparar comida. El Vampiro agarra una tira de carne del plato y la devora de una mordida—. Y era la verdad.

—Quiero presentarles a alguien, pero temo que va a llegar tarde —dice el tío Rodolfo—. Pero deberíamos todos empezar a comer.

A Robertito no se necesita decirle dos veces. Corre a la mesa. Está más que listo para devorar todo el festín.

—Eso sería grosero de nuestra parte —dice Mamá Braulia—. Esperaremos que llegue tu amiga.

—Pero tengo hambre... —protesta Robertito. Solo una mirada de mi mamá es suficiente para evitar que termine lo que decía—. Bueno, podemos esperar...

Una mujer muy atractiva aparece en la puerta, portando un vestido plateado perfectamente combinado con un chal sobre los hombros.

—Perdón por llegar tarde —dice.

Se ve por lo menos cinco o seis años menor que mi tío Rodolfo. Él la escolta hacia la mesa, llevándola elegantemente del brazo.

"If I could have a moment," says Tio Rodolfo, getting our attention. "I want to introduce you all to Maya Escobedo."

"Nice to meet you all," says Maya. "I'm so sorry for being late."

"It's nice to meet you too," says my mom, eyeing her from head to toe. "So you and Rodolfo here are friends?" Maya glances up at Tio Rodolfo and smiles.

"Maybe you should ask him," says Maya. "I wouldn't want to ruin what he has to say."

"I really should explain," says Tio Rodolfo.

"Please do," says Mama Braulia. She pulls up a chair and gets comfortable.

"Maya and I knew each other a long time ago. We were colleagues."

"Colleagues?" asks Papa Ventura.

"Maya used to be a luchadora."

"I was Silver Star," says Maya. "But that was a whole other lifetime ago, it seems." I glance at the image of Silver Star on the wall and put two and two together. This is the woman who stole the Guardian Angel's heart! That would also make her La Dama Enmascaradas' mother.

"Maya and I dated back when we were younger." This revelation causes Mama Braulia to raise her right eyebrow, obviously intrigued by what she is hearing.

"You're not dating anymore?" asks Mama Braulia.

"I'm getting to that," says Tio Rodolfo. "Recently I got in touch with Maya and we started dating again."

"Really..." Mama Braulia edges forward in her seat.

—Si me permiten un momento —dice mi tío Rodolfo, solicitando nuestra atención—. Les presento a Maya Escobedo.

—Placer conocerlos —dice Maya—. Disculpen la tardanza.

—Mucho gusto en conocerla también —dice mi mamá, mirándola de los pies a la cabeza—. Así que usted y Rodolfo son… ¿amigos?

Maya alza la vista hacia el tío Rodolfo y sonríe.

—Debería explicarles —dice mi tío Rodolfo.

—Por favor, hazlo —dice Mamá Braulia. Toma una silla y se sienta.

—Maya y yo nos conocemos desde hace mucho tiempo. Somos colegas.

—¿Colegas? —pregunta Papá Ventura.

—Maya también era luchadora.

—Yo era Estrella de Plata —dice Maya—. Pero eso fue hace toda una vida.

Miro la imagen de Estrella de Plata en la pared y me cae el veinte: ¡esta fue la mujer que le robó el corazón al Ángel de la Guarda! También significa que ella es la mamá de La Dama Enmascarada.

—Maya y yo salíamos juntos cuando éramos chicos —Esta revelación causa que Mamá Braulia levante la ceja derecha, obviamente intrigada por lo que está oyendo.

—¿Y ya no salen? —pregunta Mamá Braulia.

—Para allá voy —dice el tío Rodolfo—. Recientemente me contacté con Maya y empezamos a salir otra vez.

—¿De veras? — dice Mamá Braulia, acercándose más.

"One thing led to another," says Tio Rodolfo. "Old feelings came back."

"REALLY?" Mama Braulia says, rising up from her seat. She is positively beaming with anticipation now.

"I wanted to take advantage of the fact that all my family is gathered here today to announce that I have asked Maya to marry me."

"Please tell me you said yes," says Mama Braulia, turning to look at Maya. "Please tell me that you will save Rodolfo here from dying a useless unmarried man."

"I said yes," declares Maya with a smile as she flashes her engagement ring.

"Thank goodness…" Mama Braulia gives Maya a great big hug to welcome her to the family.

"It's about time," declares Vampiro Velasquez. He actually looks a little teary-eyed. "The Guardian Angel and Silver Star are finally getting married!"

Don't get me wrong, I am happy that Tio Rodolfo is getting married. But what about the Guardian Angel? If Tio Rodolfo gets married, will he continue to wrestle?

"Excuse me," says Little Robert. "Does the fact that everybody is hugging each other now mean that it's okay for us to eat?"

We all turn to look at Mama Braulia. She gives us a nod of approval.

"Yes," declares Tio Rodolfo. "Eat all you want!"

"To Tio Rodolfo and our soon-to-be Tia Maya," declares Little Robert as he holds up a strip of chicken fajita to toast the newly engaged couple.

—Una cosa nos llevó a otra —dice el tío Rodolfo—. Revivimos viejas emociones.

—¿DE VERAS? —dice Mamá Braulia, levantándose de su asiento, brillando por la emoción que le provoca el momento.

—Quería aprovechar hoy que toda mi familia está reunida para anunciar que le he pedido a Maya que sea mi esposa.

—Por favor dime que dijiste que sí —dice Mamá Braulia, volteando hacia Maya—. Por favor dime que salvarás a Rodolfo de morir como un inútil viejo solterón.

—Le dije que sí —anuncia Maya con una sonrisa mientras muestra el resplandor de su anillo de compromiso.

—Gracias a Dios —Mamá Braulia le da un gran abrazo a Maya como bienvenida a la familia.

—Ya era hora —dice El Vampiro Velásquez, y hasta parece que se le salen unas lagrimitas—. El Ángel de la Guardia y La Estrella de Plata al fin se van a casar.

No me mal entiendan, estoy feliz de que mi tío Rodolfo se va a casar; pero, ¿qué pasará con El Ángel de la Guarda? Si el tío Rodolfo se casa, ¿seguirá luchando?

—Disculpen —dice Robertito—. Ya que todos nos estamos abrazando, ¿significa que está bien que empecemos a comer?

Todos volteamos a ver a Mamá Braulia. Ella mueve la cabeza en señal de aceptación.

—Sí —dice el tío Rodolfo—, ¡coman todo lo que quieran!

—Al tío Rodolfo y a nuestra próxima tía Maya —dice Robertito mientras levanta un taco para brindar por los novios.

3

I CAN BE THE NEW GUARDIAN ANGEL TOO

YO TAMBIÉN PUEDO SER EL NUEVO ÁNGEL DE LA GUARDA

"Show me what you got, Max," screams Gus.

I charge at him full force, but a split second before impact I leapfrog over him and roll across his back. I hook his right arm with mine. Before my feet can touch the ground, I am flipping Gus over my shoulders. The move sends him crashing down to the mat. I don't have much time to celebrate however, because Gus immediately knocks my legs out from under me.

—Muéstrame lo que sabes hacer, Max —grita Gus.

Me lanzo contra él con toda mi fuerza, pero en una centésima de segundo, antes del impacto, brinco como rana y me doy vueltas sobre su espalda. Engancho su brazo derecho en el mío. Antes de que mis pies toquen el suelo, estoy lanzando a Gus sobre mis hombros. La maniobra lo lanza y choca contra la lona. No tengo demasiado tiempo para celebrar porque Gus inmediatamente se arroja contra mis piernas.

I block his attempt to place me in a leg lock by grabbing the top of his head and rolling his shoulders to the canvas for a pin attempt, but ever-resourceful Gus kicks out at the two count.

"Not bad," says a grinning Vampiro Velasquez, who is standing on the top of the ring apron. In his prime Vampiro Velasquez was one of the most feared rudos in all of lucha libre, but bad knees have forced him into semi-retirement. His love of lucha libre, though, won't allow him to stay away completely. Today he is the owner of not one, but two of the premiere wrestling schools in all of Mexico.

"He is getting better, Grandpa," says Gus.

"You both are," says Vampiro Velasquez. "You both have looked very impressive out there all this week."

"It's in the genes," declares my tio Rodolfo who is sitting at ringside. "But what else would you expect from the nephew of the Guardian Angel and the grandson of Vampiro Velasquez?" Tio Rodolfo has a grin on his face the likes of which I have never seen on him before.

"If your smile gets any bigger, Rodolfo, those pearly whites will leave me blind," declares Vampiro Velasquez. "So. Have you begun planning for the big day?"

"It's in the works."

"Don't tell me you're nervous."

"I'm not nervous. It's the right thing to do. It's just hard for me to believe that I am actually going to be doing it."

"Are you sure this is what you want?"

Bloqueo su intención de hacerme un gancho de piernas agarrando su cabeza para pegar sus hombros a la lona y ganar la caída; pero Gus, tan hábil como siempre, se suelta de la llave en la cuenta de dos.

—Nada mal —dice un sonriente Vampiro Velásquez, parado sobre el ring,en la orilla. Durante su juventud, El Vampiro Velásquez era uno de los rudos más temidos de la lucha libre, pero los problemas con sus rodillas lo han obligado a semiretirarse. Sin embargo, su amor por la lucha libre no le permite quedarse afuera completamente. Ahora es el dueño de no una, sino dos de las escuelas más importantes de lucha libre en todo México.

—Está mejorando, abuelo —dice Gus.

—Los dos están mejorando —dice El Vampiro Velásquez—. Ambos han estado muy impresionantes esta semana.

—Cuestión de genética —dice mi tío Rodolfo, quien está sentado en la primera fila—. Pero, ¿qué más esperarías del sobrino del Ángel de la Guarda y el nieto del Vampiro Velásquez?

Nunca le había visto una sonrisa tan grande a mi tío Rodolfo.

—Si te crece más la sonrisa, Rodolfo, esos dientes brillantes me dejarán ciego —dice El Vampiro Velásquez—. Entonces… ¿has empezado a planear el gran día?

—En eso estoy.

—¿No me digas que estás nervioso?

—No estoy nervioso. Es lo que debo hacer. Solo que me resulta difícil de creer que sí lo voy a hacer.

—¿Estás seguro que esto es lo que quieres?

"Absolutely. I have no doubt in my mind."

"Then consider yourself lucky and count your blessings," says Vampiro Velasquez. Tio Rodolfo nods his head in agreement.

"See you later, guys," says Tio Rodolfo rising to his feet. He waves at Gus and me. "Keep up the training. You're both looking very good."

"That's some mighty high praise coming from the Guardian Angel, boys," declares Vampiro Velasquez. "But don't let it go to your heads. You still have a lot to learn."

"Is Tio Rodolfo getting cold feet about marrying Maya?"

"Why do you ask that, Max?"

"I just heard you asking him if he was sure it's what he really wanted."

"We weren't talking about the wedding, Max."

"You weren't? Then what were you talking about?"

"We were talking about the Guardian Angel's last match."

"Last match?" Those words hit me like a ton of bricks. "What do you mean his last match?"

"The Guardian Angel is retiring. Rodolfo is going to give up being the Guardian Angel to be with the woman he loves."

I am speechless. Tio Rodolfo is retiring? Does that mean that there will be no more Guardian Angel? I assume a wrestling stance and turn to face Gus.

"Guardian Angel and Silver Star sitting in a tree..." Gus begins to chant, trying to get me off my game, which—after the revelation I just heard—isn't hard.

—Absolutamente. No tengo la menor duda.

—Entonces considérate suertudo y agradece tus bendiciones —dijo El Vampiro Velázquez. El tío Rodolfo asiente.

—Ahí nos vemos, muchachos —dijo el tío Rodolfo levantando los pies. Se despide de Gus y de mí— Sigan entrenando. Lo están haciendo muy bien.

—Viniendo del Ángel de la Guarda, ese es un halago muy importante, chicos —dice El Vampiro Velázquez—. Pero que no se les suba a la cabeza, todavía tienen mucho que aprender.

—¿El tío Rodolfo le está sacando a la boda con Maya?

—¿Por qué preguntas eso, Max?

—Nomás porque te oí preguntarle si estaba seguro, si eso era lo que realmente quería.

—No estábamos hablando de la boda, Max.

—¿No? ¿Entonces de qué estaban hablando?

—Hablábamos de la última lucha del Ángel de la Guarda.

—¿La última lucha? —esas palabras me golpean como una tonelada de ladrillos—. ¿A qué te refieres con la última lucha?

El Ángel de la Guarda se va a retirar. Rodolfo va a renunciar a ser El Ángel de la Guarda para estar con la mujer que ama.

Me quedo sin palabras. ¿Se retira el tío Rodolfo? ¿Eso quiere decir que ya no habrá más Ángel de la Guarda? Adopto una posición de lucha libre para enfrentar a Gus.

—El Ángel de la Guarda y Estrella de Plata se van a casar... —Gus empieza a cantar, tratando de que yo pierda la concentración, lo cual es bastante fácil, después de lo que me acabo de enterar.

"Not very mature, Gus," I tell him. Gus lunges at me and knocks me down to the canvas. It's my own fault for not being focused when I should have been.

"I'm ready," a voice suddenly declares. Standing at the top of the runway is Little Robert wearing a Guardian Angel t-shirt and gym shorts.

"Ready for what?"

"Ready to start my training to become the new Guardian Angel."

"Excuse me…" Little Robert has never shown much interest in anything other than eating.

"You think you're the only one who can become the new Guardian Angel, Max?" asks Little Robert. "You think you're the only one who can wear Tio Rodolfo's mask? He's my uncle too, you know?"

"Let's see what you got, Little Robert." Vampiro Velasquez motions for Little Robert to step into the ring. Little Robert starts by bouncing off the ropes. He's a bit clumsy at first and nearly trips twice over his own two feet due to the recoil from coming off the ropes. But after about a minute or two, he figures it out and begins to control his momentum. Vampiro watches Little Robert with eagle eyes.

"Elbow smash," cries out Vampiro.

On cue, Little Robert stops on a dime and delivers an elbow smash to a seemingly invisible opponent in the center of the ring.

"Not too bad, Little Robert," declares Vampiro Velasquez. "Maybe your Tio Rodolfo is right. Maybe it truly is all in the genes."

—No eres muy maduro, Gus —le digo. Gus se lanza contra mí y me tumba sobre la lona. Es mi culpa por no estar enfocado cuando debería.

—Estoy listo —dice una voz repentinamente. Parado al fondo del pasillo está Robertito con una camiseta del Ángel de la Guarda y unos shorts de gimnasio.

—¿Listo para qué?

—Listo para empezar mi entrenamiento para ser el nuevo Ángel de la Guarda.

—Perdón… —Robertito nunca ha mostrado interés en nada aparte de comer.

—¿Crees que eres el único que se puede convertir en el nuevo Ángel de la Guarda, Max? —pregunta Robertito—. ¿Tú crees que eres el único que puede usar la máscara del tío Rodolfo? También es mi tío, ¿sabes?

—Vamos, muéstrame lo que sabes, Robertito —El Vampiro Velásquez señala para que Robertito se suba al ring. Robertito empieza rebotando de las cuerdas. Es un poco tosco al principio, y casi se tropieza consigo mismo al sentir el rebote de las cuerdas. Pero después de uno o dos minutos, entiende cómo se hace y empieza a controlar su impulso. El Vampiro mira a Robertito con ojos de águila.

—Codazo —exclama el Vampiro.

Justo en ese momento, Robertito se detiene en seco y le brinda un codazo a un contrincante invisible en el centro del ring.

—Nada mal, Robertito —dice El Vampiro Velázquez—. Es posible que tu tío Rodolfo tenga razón. Quizás es cuestión de genes.

4
THE FALLEN ANGEL OF CATEMACO
★ ★ ★ ★ ★ ★ ★
EL ÁNGEL CAÍDO DE CATEMACO

"He's a big one, alright," says Vampiro Velasquez. We're sitting in the airport lobby waiting for Tio Rodolfo's private plane to pull up to the runway. Our eyes are glued to the television screen featuring the new lucha libre sensation who goes by the name of the Fallen Angel. He hails from the city of Catemaco, the witchcraft capital of the world.

"I've fought bigger," says Tio Rodolfo.

"Yes, but you were younger back then," says Vampiro Velasquez. "These new guys are in a league of their own."

—De veras que está grandote —dice El Vampiro Velázquez. Estamos sentados en el aeropuerto, esperando que el avión privado del tío Rodolfo llegue por la pista hasta nosotros. Nuestros ojos están pegados a la televisión que muestra la nueva sensación de la lucha libre, El Ángel Caído. Dice ser de la ciudad de Catemaco, la capital mundial de la brujería.

—He luchado con otros más grandes.

—Sí, pero eras más joven entonces —dice El Vampiro Velásquez—. Estos tipos nuevos son singulares.

"Back in our day, muscular giants like you who can move with the speed of cruiserweights were the exception. But today it seems like even the biggest guy out there is capable of leaping off the top rope."

"His mask looks a lot like yours, Tio," says Little Robert. I noticed it too. The colors are different: a black mask with grey flames instead of the traditional silver mask with embroidered orange flames. But the similarities are blatantly obvious: the cutouts for the eyes and the embroidered flames are just the same! Something tells me that Tio Rodolfo has noticed it too.

"I know that people like to say that imitation is the sincerest form of flattery," says Vampiro Velasquez, "but this so-called Fallen Angel is taking it too far." We watch as he lifts the Mayan Prince up into the air.

"NOOO..." declares Vampiro, "...he wouldn't dare!" The Fallen Angel is about to deliver the Guardian Angel's own finishing maneuver—the Hand of God—in the middle of the ring. "Blasphemy!" hollers Vampiro Velasquez. The crowd in the arena erupts in protest, but the Fallen Angel from Catemaco doesn't care. He does the unthinkable and delivers the Hand of God in the middle of the ring to the Mayan Prince. Fans in the arena watch in silence as the ring official administers the mandatory three count and declares the Fallen Angel from Catemaco the winner.

"Thief," screams Vampiro Velasquez at the television screen. "You should sue him, Rodolfo. That young punk is trying to steal your character." Tio Rodolfo just stares at the television screen.

—En nuestros tiempos, los gigantes musculosos como tú, que pueden moverse con la velocidad de un peso medio, eran la excepción.

—Su máscara es como la tuya, tío —dice Robertito. Yo también me doy cuenta. Los colores son distintos: una máscara negra con flamas grises en lugar de la tradicional máscara plateada con flamas color naranja bordadas. Pero las similitudes son más que evidentes: los recortes de los ojos y las flamas bordadas son iguales. Algo me dice que también mi tío Rodolfo se ha dado cuenta de ello.

—Ya sé que por ahí dicen que la imitación es una forma de adulación —dice El Vampiro Velásquez— pero este dizque Ángel Caído lo ha llevado demasiado lejos.

Lo miramos mientras levanta en el aire al Príncipe Maya.

—NOOO —exclama el Vampiro—...¡no se atrevería!

El Ángel Caído está por realizar la maniobra final del Ángel de la Guarda, la Mano de Dios, en medio del ring.

—¡Es una blasfemia! —grita El Vampiro Velásquez. La multitud en la arena empieza a quejarse, pero al Ángel Caído de Catemaco no le importa. Hace lo inconcebible y aplica la Mano de Dios en medio del ring al Príncipe Maya. Los fanáticos miran en silencio cuando el réferi administra la cuenta reglamentaria de tres y declara ganador al Ángel Caído de Catemaco.

—Ratero —grita El Vampiro Velásquez a la televisión—. Deberías demandarlo, Rodolfo. Ese igualado está tratando de robar tu personaje.

El tío Rodolfo solo se queda mirando la televisión.

"I know that look," says Vampiro Velasquez. "I can literally see the wheels turning in your head, Rodolfo. You want to wrestle the Fallen Angel of Catemaco, don't you?"

"I do," says Tio Rodolfo grimly. I hope Tio Rodolfo knows what he's doing. This Fallen Angel guy looks tough. He looks to be both taller and even more muscular than Tio Rodolfo, and that's saying something. Plus he is a lot younger.

"You want HIM for your last match?" asks Vampiro Velasquez. "Why not pick somebody easier? Why not go out in a blaze of glory with an easy win?" Tio Rodolfo shoots Vampiro Velasquez a disapproving stare. "I forgot," says Vampiro. "The Guardian Angel doesn't do things the easy way."

"His last match," I whisper to myself. Those three small words sting me. How can Tio Rodolfo just walk away? Doesn't he care about being the Guardian Angel anymore? Maybe it's just me being selfish, but the idea of him retiring before I am ready to replace him makes me mad. I hate the idea of anybody but me being the new Guardian Angel. I don't want it to be Little Robert. I don't want it to be Tio Lalo either, who is already old enough to jump right into the role, and I certainly don't want it to be this pretender who calls himself the Fallen Angel of Catemaco. He's not even family! He has no right to be using my uncle's finishing move or to be laying claim to the Guardian Angel's legacy like he seems to be doing.

No, Mister Fallen Angel of Catemaco, when it's all said and done it will be me who will be wearing the silver mask with the embroidered orange flames. Not you!

—Conozco esa mirada —dice El Vampiro Velásquez—. Puedo ver los engranes de tu cabeza dando vueltas, Rodolfo. Quieres luchar contra El Ángel Caído de Catemaco, ¿verdad?

—Sí quiero —dice el tío Rodolfo sombríamente. Espero que sepa en lo que se está metiendo. Este Ángel Caído es rudo. Se ve más alto y mucho más musculoso que mi tío. Además, mucho más joven.

—¿Lo quieres A ÉL para tu última lucha? —pregunta El Vampiro Velásquez—. ¿Por qué mejor no escoges a alguien más fácil? ¿Por qué mejor no te retiras con una victoria sencilla? —mi tío Rodolfo le lanza una mirada al Vampiro Velásquez una mirada de coraje—. Se me olvidó —agrega el Vampiro—. El Ángel de la Guarda no hace las cosas a la ligera.

"Su última lucha", me digo. Me queman esas tres palabras. ¿Por qué se raja mi tío Rodolfo? ¿Qué ya no le importa ser El Ángel de la Guarda? A lo mejor solo soy un egoísta; pero me da coraje que él se retire antes de que yo esté listo para reemplazarlo. Odio la idea de que alguien además de mí pueda ser El Ángel de la Guarda. No quiero que sea Robertito. Tampoco quiero que sea el tío Lalo que ya tiene la edad para sustituir a mi tío Rodolfo, y para nada quiero que sea ese presuntuoso Ángel Caído de Catemaco. ¡Ni siquiera es de la familia! No tiene ningún derecho de usar la maniobra final de mi tío, o de reclamar el legado del Ángel de la Guarda como parece que lo hace.

No, señor Ángel Caído de Catemaco. A la hora de la hora, seré yo quien se ponga la máscara plateada con flamas color naranja. ¡No tú!

5

WHO SAYS THE NEW GUARDIAN ANGEL HAS TO BE A GUY?

★ ★ ★ ★ ★ ★ ★

¿QUIEN DIJO QUE EL NUEVO ÁNGEL DE LA GUARDA DEBE SER UN HOMBRE?

"So the Guardian Angel is really going to do it?" asks Paloma. She is very much shocked by my revelation as I bring her up to date on the many happenings during my trip to Mexico City. "He's actually going to leave lucha libre?"

"That's what Vampiro said."

"And he is doing it because he wants to spend the rest of his life with my great aunt Maya? The woman who he has always loved?"

"Crazy, right?"

—¿Así que El Ángel de la Guardia de veras lo hará? —pregunta Paloma. Mi revelación la sorprende mientras la actualizo en las cosas que sucedieron durante mi viaje a la Ciudad de México—. ¿Se va a retirar de la lucha libre?

—Eso fue lo que dijo el Vampiro.

—¿Y lo hace porque quiere pasar el resto de su vida con mi tía abuela Maya? ¿El amor de su vida?

—Qué loco, ¿verdad?

"I think it's kind of romantic, Max," says Paloma with a big smile.

"Romantic? We're talking about the greatest luchador in the history of the world just giving up. How is that romantic, Paloma?"

"He isn't giving up, Max," says Paloma. "He's been the Guardian Angel for a very long time now. What's wrong with him wanting to retire to be with the woman he loves? You honestly don't find that romantic?"

"But what about the fans who love to see the Guardian Angel wrestle? Why isn't he thinking about them?"

"Are you mad at your uncle for getting married?"

"I'm not mad at him for getting married," I tell her. "That's crazy."

But Paloma isn't buying it. "You most certainly are mad at him, Max. Seems to me like you should be happy for your uncle."

"I am happy for him."

"Sure doesn't sound like it."

"All I'm saying is that he owes it to his fans to not just quit on us all of a sudden."

"He isn't just quitting all of a sudden, Max," says Paloma. "He is going to give the fans one last match—and a real doozy from the sound of it. I mean he hasn't even officially announced his retirement yet, has he?"

"No. But it's just a matter of time now."

"Max, you know your uncle can't wrestle forever, right?"

"But why now? Why can't he wait just a few more years?"

—Creo que es medio romántico, Max —dice Paloma con una gran sonrisa.

—¿Romántico? Estamos hablando de que se está rajando el luchador más famoso de la historia.

—No se está rajando, Max —dice Paloma—. Ha sido El Ángel de la Guarda durante mucho tiempo. ¿Qué tiene de malo que se quiera retirar para estar con la mujer que ama? ¿De veras no te parece romántico?

—Pero, ¿qué con todos los fans que aman ver al Ángel de la Guarda cuando lucha? ¿Por qué no piensa en ellos?

—¿Estás enojado con tu tío porque se quiere casar?

—No estoy enojado por eso —le digo—. ¿Cómo crees?

Pero Paloma no se la cree.

—Claro que estás enojado, Max. Deberías sentirte feliz por tu tío.

—Sí, estoy feliz por él.

—Pues no parece.

—Todo lo que digo es que sus fans no se merecen que él renuncie así nomás.

—No está renunciando así nomás, Max —dice Paloma—. Les dará a sus fans una última lucha, y una bastante buena, según parece. Digo, ni siquiera ha anunciado oficialmente su retiro, ¿o sí?

—No, pero es cuestión de tiempo.

—Max, tú sabes que tu tío no puede luchar para siempre, ¿verdad?

—Pero, ¿por qué ahora? ¿Por qué no puede esperarse unos años más?

"You mean wait till after you graduate high school?" Once summer is over, four years of high school still await us. Then there's college to think about too. Will anybody even remember the Guardian Angel by the time I'm ready to take his place?

"Is that it, Max? Are you angry because he isn't willing to wait for you to be ready first?"

"This isn't about me!" I tell Paloma.

"Are you sure?" She frowns. "It sure seems like it's all about you, Max."

"It's not though."

"Don't lie to me," says Paloma, punching me hard in the chest. "I can always tell when you lie. I can also tell when you're scared."

"Scared of what?"

"Scared that somebody who isn't you might end up becoming the new Guardian Angel."

"I'm not scared."

"Then stop acting like you are. Because right now I think you are not only afraid, but also being very selfish, Maximilian."

"I am not scared, and I am NOT being selfish."

"I can't talk to you when you're acting like this, Max." Paloma throws her hands up.

"Acting like what?"

"Like a coward."

"I'm not a coward."

—O sea, ¿que se espere hasta que salgas de la preparatoria?

Ya que se acabe el verano, nos esperan cuatro años de prepa. Luego la universidad. ¿Habrá quién se acuerde del Ángel de la Guarda para cuando yo esté listo para tomar su lugar?

—¿De eso se trata, Max? ¿Estás enojado porque no quiere esperar hasta que tú estés listo?

—¡No se trata de mí!—le digo a Paloma.

—¿Estás seguro? —ella frunce el ceño—. Porque parece que se trata solo de ti, Max.

—Pero no es así.

—No me mientas —dice Paloma, dándome un golpe duro en el pecho—. Siempre me doy cuenta cuando mientes, y también cuando tienes miedo.

—¿Miedo de qué?

—Te da miedo que alguien, además de ti, vaya a ser El Ángel de la Guarda.

—No tengo miedo.

—Entonces deja de actuar como si lo tuvieras. Porque en este momento no solo pienso que tienes miedo, sino que también eres un egoísta, Maximiliano.

—No tengo miedo y no soy egoísta.

—No puedo hablar contigo cuando te pones así, Max —Paloma levanta las manos en señal de resignación.

—¿Me pongo cómo?

—Como un cobarde.

—No soy cobarde.

"I know that," says Paloma. "That's why I want you to stop acting like one. Did you talk to your uncle about how you're feeling?"

"No." How do I bring the subject up to him? What do I say: Why aren't you waiting for me to be ready to take over as the Guardian Angel before you retire?

"If you haven't talked to him about it, then how do you know what he's planning to do?" Paloma has a point as usual. Maybe I'm making a mountain out of a molehill. "You know you need to talk to him, right?"

"Yes." I hate admitting that she's right.

"Then you better do it fast before another person steps up and lays claim to the mantle of the Guardian Angel."

"Who else would do that?" Aside from Little Robert and me, Tío Lalo is the only one who has a legitimate claim to the silver mask.

"Max, have you considered the fact that the Guardian Angel will now be La Dama Enmascarada's stepfather?"

Oh…I hadn't considered that. But Paloma is right. The Guardian Angel will, in fact, be La Dama Enmascarada's stepdad now. Where is it written that the new Guardian Angel has to be a guy?

—Ya lo sé —dice Paloma—. Por eso quiero que dejes de actuar como uno. ¿Le contaste a tu tío lo que estás sintiendo?

—No —¿cómo le hablo de esto? ¿Qué le digo? ¿Por qué no espera hasta que yo esté listo para volverme El Ángel de la Guarda antes de que se retire?

—Si no has hablado con él, ¿cómo sabes lo que está planeando?

—Paloma tiene razón, como siempre. A lo mejor me estoy ahogando en un vaso de agua—. Sabes que tienes que hablar con él, ¿verdad?

—Sí —odio admitirlo, pero tiene razón.

—Pues tienes que hacerlo pronto, antes de que llegue otro y se declare heredero del Ángel de la Guarda.

—¿Quién haría eso? —aparte de Robertito, solo mi tío Lalo es un heredero legítimo de la máscara plateada.

—Max, ¿no te das cuenta que El Ángel de la Guarda será ahora el padrastro de La Dama Enmascarada?

Oh…Ni se me había ocurrido. Pero Paloma tiene razón. El Ángel de la Guarda será, de hecho, el padrastro de La Dama Enmascarada. ¿Dónde está escrito que el nuevo Ángel de la Guarda debe ser un hombre?

6

THE FALLEN ANGEL ISSUES A CHALLENGE
★ ★ ★ ★ ★ ★ ★
EL ÁNGEL CAÍDO PROPONE UN DESAFÍO

"The Guardian Angel will kneel down before me in defeat," declares the Fallen Angel of Catemaco. Surrounded by his hooded followers, he declares that he will bury the Guardian Angel once and for all. "He will fall before my superior might—and the equally superior might of my true believers present here today!"

On cue, those around the Fallen Angel remove their hoods and reveal themselves to be a virtual who's who of the Guardian Angel's greatest rogues. Among them I see Dogman Aguayo, the Medical Assassin, King Scorpion, Apocalypse and Armageddon.

★ ★ ★ ★ ★ ★ ★ ★ ★ ★ ★ ★ ★

—El Ángel de la Guarda se hincará frente a mí, derrotado —dice El Ángel Caído de Catemaco. Rodeado de sus seguidores encapuchados, anuncia que enterrará al Ángel de la Guarda de una vez por todas—. Caerá ante mi superioridad, y el poder igualmente superior de mis seguidores aquí presentes.

En ese instante, los que rodeaban al Ángel Caído se quitan las capuchas para revelar que son los más conocidos enemigos del Ángel de la Guarda. Entre ellos veo a Dogman Aguayo, El Médico Asesino, El Rey Escorpión, Apocalipsis y Armagedón.

"When you face me," declares the Fallen Angel, "you face us all! For we are Legion, and we will end the legend of the Guardian Angel."

"And so it begins," declares Tio Lalo as we both stare at the television screen in his den. Lalo is the one developing the storyline that will lead to the Guardian Angel's final fight.

"When is Tio Rodolfo going to face him?"

"Two months from Saturday," says Lalo. "That should be enough time for promoters to build up the hype for the Guardian Angel's final match."

"But he could still change his mind right, Lalo?"

"About facing the Fallen Angel of Catemaco? Why would he do that?"

"Not that," I tell him. "I mean about this being his final match."

"Doesn't seem likely," says Lalo.

"How can he just walk away from being the Guardian Angel?" I ask him. "How can he give up being the greatest luchador in the world?"

"Rodolfo has a second shot at happiness, Max," says Lalo. "You're too young to understand just how rare second chances in life are."

"But what about the Guardian Angel? What's going to happen to him?"

Tio Lalo shrugs his shoulders. Mustering the courage, I ask him the question I really want an answer to. "Are you going to be the new Guardian Angel?"

—Cuando te enfrentas a mí —dice El Ángel Caído—, te enfrentas a todos nosotros. Porque somos Legión, y terminaremos con la leyenda del Ángel de la Guarda.

—Y así es como empieza —dice mi tío Lalo mientras miramos la televisión en su estudio. Lalo es quien escribe la historia que nos llevará a la última lucha del Ángel de la Guarda.

—¿Cuándo lo va a enfrentar mi tío Rodolfo?

—Dentro de dos meses —dice Lalo—. Eso será suficiente para que los organizadores hagan una buena promoción de la lucha final del Ángel de la Guarda.

—¿Pero todavía podría cambiar de opinión, Lalo?

—¿Sobre luchar contra El Ángel Caído de Catemaco? ¿Por qué haría eso?

—No me refiero a eso —le digo—. Me refiero a que esta sea su última lucha.

—No lo creo —dice Lalo.

—¿Cómo puede retirarse así nomás de ser El Ángel de la Guarda? —le pregunto—. ¿Cómo puede renunciar a ser el más grande luchador del mundo?

—Rodolfo tiene una nueva oportunidad para ser feliz, Max —dice Lalo—. Eres demasiado joven para comprender las segundas oportunidades son poco común en la vida.

—¿Pero y El Ángel de la Guarda? ¿Qué pasará con él?

—Lalo se encoge de hombros. Reuniendo valor, le hago la pregunta que verdaderamente quiero que responda—. ¿Tú vas a ser el nuevo Ángel de la Guarda?

"I'll be honest, Max," says Lalo. "I've gotten phone calls from promoters asking me that very same question."

"And what did you tell them?"

"That it wasn't up to me. That the decision of who will be the new Guardian Angel is Rodolfo's to make."

"Would you want it?"

"To be the Guardian Angel? It would be very tempting. Who wouldn't want to be the Guardian Angel? But it would take me away from my wife and daughter. I'm not sure my marriage could survive that."

"Do you miss lucha libre? Do you miss being El Toro Grande?"

"Sometimes I do," says Tio Lalo. "The cheering of the crowd. The thrill of performing under the bright lights. It's an incredible rush, Max."

"It sounds amazing."

"It is amazing, Max, but those two ladies sleeping in the other room are pretty amazing too." I look over and see Allison Rose fast asleep next to Tia Mirasol. "Would I want to risk losing them to become the new Guardian Angel?" Lalo takes a deep breath. "My answer would be no if I had to make that choice today."

"Have you asked Tio Rodolfo what he plans to do?"

Lalo shakes his head.

"He hasn't mentioned anything beyond the plans for his last match. Maybe you should be the one to ask him," says Tio Lalo. "After all, it's no secret that you want to be the new Guardian Angel."

"I'm too young."

—Te voy a ser honesto, Max —dice Lalo—. Algunos promotores me han hablado por teléfono para hacerme esa misma pregunta.

—¿Y qué les dices?

—Que no depende de mí. Que la decisión de quién será el nuevo Ángel de la Guarda le pertenece a Rodolfo.

—¿Pero querrías?

—¿Ser Ángel de la Guarda? Es mucha tentación. ¿Quién no quisiera ser El Ángel de la Guarda? Pero me alejaría de mi esposa y de mi hija. No estoy seguro que lo soportaría mi matrimonio.

—¿Extrañas la lucha libre? ¿Extrañas ser El Toro Grande?

—Algunas veces sí —dice mi tío Lalo—. Los gritos de la multitud. La emoción de luchar bajo las luces brillantes. Es un acelere increíble, Max.

—Me parece grandioso.

—Es grandioso, Max, pero esas dos mujeres que duermen en el otro cuarto también son grandiosas —volteo para ver a Allison Rose, dormida junto a mi tía Marisol—. ¿Arriesgaría yo perderlas por ser el nuevo Ángel de la Guarda? —Lalo suspira profundamente—. Si tuviera que dar una respuesta hoy, diría que no.

—¿Le has preguntado al tío Rodolfo lo que piensa hacer?

Lalo sacude la cabeza.

—No ha dicho nada, solo sus planes para la última lucha. Quizás tú deberías preguntarle —dice mi tío Lalo—. Después de todo, no es ningún secreto que tú quieres ser el nuevo Ángel de la Guarda.

—Soy demasiado joven.

"You're fourteen years old," says Tio Lalo. "That might be too young to become a luchador, but that's more than old enough for you to sit down and have a serious talk with Tio Rodolfo about it. Maya and Rodolfo will be here this weekend," he reminds me. "He told me he wants to continue training you over the weekend. He reserved a room at old Pete's gym and even had a wrestling ring set up. You should talk to him then."

I nod my head. Lalo is right. I need to talk to Tio Rodolfo.

—Tienes catorce años —dice mi tío Lalo—. Puede que seas muy joven para ser un luchador, pero no para sentarte y tener una conversación seria con tu tío Rodolfo. Maya y Rodolfo vienen este fin de semana —me recuerda—. Dice que quiere que sigas entrenando el fin de semana. Reservó un cuarto en el gimnasio del viejo Pete y hasta preparó un ring de lucha libre. Deberías hablar con él entonces.

Sacudo la cabeza. Lalo tiene razón. Tengo que hablar con mi tío Rodolfo.

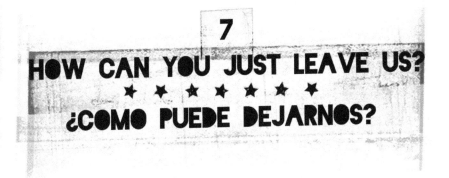

7
HOW CAN YOU JUST LEAVE US?
★ ★ ★ ★ ★ ★ ★
¿CÓMO PUEDE DEJARNOS?

I charge at him full speed.

A split second before making impact, I slide between his legs and knock his feet out from under him. The Guardian Angel tumbles forward, but, without any kind of effort, he turns his fall into a roll. He snaps back up to his feet and swats away my flying drop kick. I roll on the ground so as to put some distance between us. I then catapult myself off the ring ropes and greet him with an elbow smash to the chest.

Me lanzo contra él a toda velocidad.

Un segundo antes del impacto, me resbalo entre sus piernas y golpeo sus pies. El Ángel de la Guarda se tambalea hacia enfrente; pero, sin el menor esfuerzo, hace que su caída se vuelva una rodada. Se levanta inmediatamente y se quita de encima mis patadas voladoras. Me doy vueltas en el piso para crear distancia entre nosotros. Entonces me lanzo contra las cuerdas y me arrojo sobre él con un codazo al pecho.

But the Guardian Angel hooks my arm before I can make contact and turns my elbow smash into an arm drag that sends me crashing down to the mat. He attempts to place me in an arm bar. I take advantage of my smaller size and slip out of his grasp, leaping on top of his back and applying a sleeper hold.

"I got you," I cry out, but instantly realize my mistake when the Guardian Angel takes advantage of his larger size and stands up to lift me off the mat. My feet no longer touch the floor! I cling for dear life as the Guardian Angel shrugs me off his shoulders. I fall to the canvas, but rise back up fast and use my speed to spin around him. I deliver a kick to the back of the Guardian Angel's legs and bring him down to one knee. The move seems to take him by surprise, so I follow up by leaping on him again and placing him in a crossed face arm lock.

That's another mistake on my part. The Guardian Angel's upper body strength is too great for me to overcome. He flexes his muscles to snap my hold on him. Desperate to find something that works, I try to do a body slam. Ayy, a dumb idea on my part. He is more than twice my weight, so he isn't going to budge. I'm making way too many mistakes, and he knows it.

"Attempting a body slam was a bad choice," says the Guardian Angel. "I'm bigger and stronger than you, Max. You would have been better off using your speed rather than going at me with brute strength."

I bump him hard on the chest with a shoulder tackle. I then project myself backwards to build enough momentum to come at him off the ropes. I might just be able to knock him off his feet.

Pero El Ángel de la Guarda engancha mi brazo antes de que yo pueda tocarlo y deshace mi codazo para tomar mi brazo y lanzarme contra la lona. Intenta torcerme el brazo. Tomo ventaja de mi menor tamaño y me suelto de sus manos, brincando sobre su espalda y sujetándolo del cuello.

—Lo tengo —grito, pero en ese instante entiendo mi error cuando El Ángel de la Guarda toma ventaja de su mayor tamaño y se pone de pie para levantarme de la lona. ¡Mis pies ya no tocan el piso! Trato de salvarme cuando El Ángel de la Guarda me sacude de sus hombros. Me caigo sobre la lona pero me levanto de inmediato y uso mi velocidad para correr a su alrededor. Doy una patada a la pierna del Ángel de la Guarda, lo cual hace que caiga en una rodilla. Parece que la movida lo tomó de sorpresa, así que sigo brincando encima de él para hacerle un candado al brazo a través de su cara.

Otro error de mi parte. La fuerza del Ángel de la Guarda es demasiada para mí. Flexiona sus músculos para que me suelte de él. Desesperado por encontrar algo que funcione, trato de azotarlo contra la lona. Ayy, otra idea tonta. Su cuerpo es el doble de mi peso, así que no lo puedo mover. Estoy cometiendo demasiados errores, y lo sabe.

—Tratar de azotarme fue una mala decisión —dice El Ángel de la Guarda—. Soy más grande y fuerte que tú, Max. Te hubiera ido mejor usando tu velocidad en lugar de tu fuerza bruta.

Lo empujo en el pecho fuertemente con el hombro. Luego me lanzo hacia atrás para que las cuerdas me sirvan de apoyo en el ataque. Es posible que logre tumbarlo.

It's a good plan. A solid plan. But the minute I leap up into the air, I realize I messed up again. The Guardian Angel ducks and I hit nothing but empty canvas. Dazed from the impact I look up and see the Guardian Angel looking down at me.

Arrgg! Paloma was right. I am mad at Tio Rodolfo! Why doesn't he wait to retire when I am ready to become the new Guardian Angel?

I jump up and hit him with a shoulder tackle to the stomach. There's no grace to it. It's pure brute force. The Guardian Angel absorbs the blow, but then grabs me in a bear hug. Not hard enough to hurt me mind you, but just hard enough to immobilize me. "What's gotten into you, Max? Why are you acting like this?"

"Let go of me," I yell at him.

"What is wrong with you, Max?" He lets go of me and takes off his mask. A part of me wishes he still had his mask on. Somehow I feel that it would be easier to talk to him as the Guardian Angel.

"Nothing is wrong with me." I grit my teeth.

"Don't lie to me, Max. Did I hurt you?"

"You didn't hurt me." How could he? He is holding back big time. He is always holding back against me.

"Then what's wrong?"

"You're what's wrong," I yell at him. "How can you just leave?"

"Leave? I'm not going anywhere."

★ Es un buen plan. Un plan sólido. Pero en cuanto salto, me doy cuenta de que la regué otra vez. El Ángel de la Guarda se agacha y yo caigo sobre la lona vacía. Aturdido por el golpe, miro hacia arriba y veo que El Ángel de la Guarda me está mirando.

¡Arrgg! Paloma tenía razón. ¡Estoy enojado con mi tío Rodolfo! ¿Por qué no se espera para retirarse cuando yo esté listo para ser el nuevo Ángel de la Guarda?

Salto y le golpeo el estómago con el hombro. No tiene nada de gracia. Es pura fuerza bruta. El Ángel de la Guarda absorbe el golpe, pero luego me levanta con un abrazo de oso. No para lastimarme, sino para inmovilizarme.

—¿Qué te pasa, Max? ¿Por qué actúas así?

—Suélteme —le grito.

—¿Qué tienes, Max? —Me suelta y se quita la máscara. Una parte de mí quisiera que todavía la tuviera puesta. Siento que sería más fácil platicar con él si fuera El Ángel de la Guarda.

—No tengo nada —aprieto los dientes.

—No me mientas, Max. ¿Te lastimé?

—No me lastimó —¿cómo podría lastimarme? No usaba toda su fuerza. Nunca usa toda su fuerza cuando lucha conmigo.

—Entonces, ¿qué te pasa?

—Usted es lo que me pasa —le grito—. ¿Cómo puede irse nomás así?

—¿Irme? Yo no me voy a ningún lado.

"Yes you are! You're making the Guardian Angel go away. We are your fans. We believed in you. That's why we stood by you all those years. But now you're taking him away from us? How can you do that?" My words leave Tio Rodolfo speechless for a moment. He begins to open his mouth as if to speak, but words fail him. "How can you just walk away from being the Guardian Angel?"

"It's complicated," says Tio Rodolfo.

"Then uncomplicate it," I tell him. "What's going to happen to the Guardian Angel?"

"I haven't thought that far ahead, Max."

"Too busy getting married, are you?"

"You don't like Maya," Tio Rodolfo says flatly. His words give me pause.

"Maya's great," I tell him softening my tone. It's true. Maya has been nothing but nice to me. She has even offered to show me some of her old moves in the ring.

"Then why are you so angry?" asks Tio Rodolfo.

"I believe I know why your young protégé here is so angry," we hear a voice say. We both turn and see Maya standing at the doorway to the gym. She is dressed in warm-ups and wrestling boots. "I believe I promised to teach you a thing or two about lucha libre, Max. Silver Star always keeps her promises."

"Max was about to tell me something," says Tio Rodolfo.

"It can wait," says Maya. "It has been my experience that nothing good comes out of words that are spoken in anger."

"I'm not angry," I tell Maya.

★ —¡Sí se va! Está haciendo que se vaya El Ángel de la Guarda. Somos sus fans. Creíamos en usted. Por eso lo apoyamos todos esos años. Pero ahora nos lo quita. ¿Cómo puede hacerlo? —mis palabras dejan a mi tío sin decir nada por un momento. Empieza a abrir la boca, como para hablar, pero las palabras le fallan—. ¿Cómo puede irse y dejar de ser El Ángel de la Guarda?

—Es complicado —dice mi tío Rodolfo.

—Pues entonces quítele lo complicado —le digo—. ¿Qué pasará con El Ángel de la Guarda?

—No he pensado tan a futuro, Max.

—Muy ocupado casándose, ¿verdad?

—No te cae bien Maya —dice el tío Rodolfo categóricamente. Sus palabras me sirven de pausa.

—Maya es genial —le digo con un tono más suave. Es verdad. Maya siempre se ha portado bien conmigo. Hasta se ha ofrecido a enseñarme sus viejas movidas sobre el ring.

—Entonces, ¿por qué estás tan enojado?

—Creo que entiendo por qué tu joven protégé está tan enojado —escuchamos que nos dice una voz. Ambos volteamos y vemos a Maya parada en el umbral del gimnasio. Trae puestos unos pants y unas botas de luchadora—. Creo que prometí enseñarte una que otra cosa de lucha libre, Max. Estrella de Plata siempre cumple sus promesas.

—Max estaba a punto de decirme algo —dice mi tío Rodolfo.

—Puede esperar —dice Maya—. En mi experiencia, nada bueno sale de palabras dichas con coraje.

—No estoy enojado —le digo a Maya.

The look on her face tells me she isn't buying it.

"Why don't you give us a minute, Rodolfo," says Maya. "I think Max and I should talk."

Tio Rodolfo looks at both of us and nods his head. "I'll be back in a while," he says and leaves the gym.

"Why don't you show me what you got, Max," says Maya, assuming a wrestling stance. I am hesitant to charge at her, and she knows it. "Don't do that, Max."

"Don't do what?"

"Don't hold back on me because I'm a woman. I'm as fine a wrestler as any man that has ever laced a pair of wrestling boots."

"You're also my future aunt," I tell her. "It's kind of awkward to wrestle against my soon-to-be tia."

"Fair enough," she tells me. "But I will make you a deal."

"What kind of deal?"

"Knock me off my feet, and I will tell you the truth about why the Silver Star and the Guardian Angel broke up."

"He chose wrestling over you," I tell her. "That's what Vampiro told me."

"That's what I let both of them believe, Max."

"What really happened then?"

"You want answers?"

I nod my head.

"Then knock me off my feet," says Maya, assuming a wrestling stance. "If you can."

Su mirada me hace saber que no me cree nadita.

—¿Por qué no nos das un minuto, Rodolfo? —dice Maya—. Creo que Max y yo deberíamos platicar.

Mi tío Rodolfo nos mira y acepta inclinando la cabeza.

—Regreso en un rato —dice y se va del gimnasio.

—A ver, muéstrame lo que sabes, Max —dice Maya, poniéndose en posición de lucha. Dudo mucho en lanzarme contra ella, lo sabe—. No hagas eso, Max.

—¿Que no haga qué?

—No te resistas nada más porque soy mujer. Soy tan buena luchadora como cualquier hombre que se haya parado en un ring.

—También es usted mi futura tía —le digo—. Es incómodo luchar contra mi futura tía.

—Muy bien —me dice—. Pero, hagamos un trato.

—¿Un trato?

—Túmbame y te diré la verdad de por qué Estrella de Plata y El Ángel de la Guarda tronaron la primera vez.

—Él escogió la lucha libre en lugar de usted —le digo—. Eso es lo que me dijo el Vampiro.

—Eso es lo que dejé que creyeran, Max.

—¿Qué pasó entonces?

—¿Quieres respuestas?

Acepto inclinando la cabeza.

—Entonces, túmbame —dice Maya, adoptando una posición de lucha libre—. Si puedes.

8
MAX VERSUS SILVER STAR
★ ★ ★ ★ ★ ★ ★
MAX CONTRA ESTRELLA DE PLATA

I place Maya's right arm in a reversed hammerlock, trying to sweep her feet out from underneath her. Maya is too quick though. She side steps my sweep and turns my hammerlock into an arm drag and flips me over her shoulders. The move sends me crashing down to the mat. I snap back up and grab her by the waist and roll her over my shoulders. Unfortunately for me, she anticipates my move and pivots to land on her feet.

"Nice try," she tells me with a grin. "Maybe Tio Rodolfo is right about you."

Agarro el brazo derecho de Maya y le aplico un candado inverso, tratando de tumbarla. Pero Maya es demasiado rápida. Ella se hace a un lado y convierte el candado inverso en un jalón de brazo y me lanza por encima de su hombro. El movimiento me hace azotar sobre la lona. Me paro de un salto, la sujeto de la cintura para hacerla rodar sobre mi hombro. Desafortunadamente para mí, ella anticipa mi movida y salta cayendo parada.

—Buen intento —me dice con una sonrisa—. Quizás tu tío Rodolfo tiene razón sobre ti.

"Right about what…?" I start to ask before I realize her comment was meant to distract me. She knocks my right leg out from under me and uses an arm lock to drag me back down to the mat.

Snap out of it, Max.

It's just like when I was wrestling Gus. I am way too distracted by the Guardian Angel's retirement. I need to get my head back in the game.

I use a forward roll to escape from her grasp and then use the ring ropes to build up enough momentum to come back at her with a shoulder tackle. Maya moves out of the way and uses my own momentum against me to push me against the ring ropes. The recoil from the ropes sends me hurtling back at her where she is waiting to greet me with a clothesline. I duck, but have built up way too much momentum to stop myself from hitting the turnbuckles hard. Maya runs at me, does a somersault, and hits me with an elbow smash to the chest.

Silver Star, it seems, hasn't lost any of her old tricks, or has she? I can't help but notice that she is starting to breath heavy. It's pretty obvious that Maya still trains on a regular basis. But all the exercising in the world doesn't take the place of actual in-ring wrestling.

"Don't hold back on me, Max," she tells me between breaths. "I want to truly see what you got!"

She grabs my right arm and whips me onto the other side of the ring. *She wants to see what I got, does she? Alright then. I will show her.*

—¿Razón sobre qué...? —empiezo a preguntarle antes de darme cuenta de que sus palabras solo tenían la intención de distraerme. Empuja mi pierna derecha y usa un candado de brazo para lanzarme de nuevo a la lona.

Despierta, Max.

Era igual que cuando luchaba contra Gus. Estoy muy distraído por la jubilación del Ángel de la Guarda. Necesito pensar bien para estar dentro de la jugada.

Me ruedo hacia enfrente para escapar de su agarre y me lanzo contra las cuerdas para tener más fuerza y propinarle un hombrazo. Maya me esquiva y me jala de nuevo contra las cuerdas. Esto hace que regrese a donde está ella esperándome para propinarme un golpe con el interior de su brazo. Me agacho, pero la viada me hace que choque contra los tensores de las cuerdas. Maya corre hacia mí, hace una pirueta y me da un codazo en el pecho.

Al parecer, Estrella de Plata no ha olvidado sus viejos trucos, ¿verdad? Me doy cuenta de que está respirando con fuerza. Es obvio que Maya todavía entrena regularmente; pero todo el ejercicio del mundo no se compara con luchar dentro del ring.

—No te detengas por mí, Max —me dice entre alientos—. ¡Quiero que me enseñes bien lo que sabes hacer!

Agarra mi brazo derecho y me lanza como látigo al otro lado del ring. *Quiere que le enseñe lo que sé. Está bien, pronto lo verá.*

I use my momentum to leap on to the top turnbuckle and do a back flip. I execute the Flight of the Angel and land on Maya. The impact of our collision sends her crashing down to the mat. I did it! I knocked Maya off her feet. Maya lays on the canvas catching her breath. A monster-size grin fills her face.

"It's been...it's been way too long," she forces out. She sits back up and shakes her head. "As I said earlier, Tio Rodolfo might just be right about you."

"Right about what?"

"That you just might have what it takes to be the new Guardian Angel someday."

"I'm still a teen," I remind her.

"He knows that. But he also knows that in your heart of hearts you really want to be the new Guardian Angel."

I nod my head.

"I also know that you're mad at me, Max."

"No, I'm not mad at you," I tell her.

"Sure you are," says Maya. "You're mad at me just like everybody else was mad at me years ago when Tio Rodolfo was first going to give up being the Guardian Angel to marry me."

"Give up being the Guardian Angel? But Vampiro said that he chose to be the Guardian Angel over being with you."

"That's what I let your Tio Rodolfo believe," says Maya.

"I'm confused."

"Your Tio Rodolfo didn't chose the Guardian Angel over me. I made that choice for him."

Uso la viada para subirme al tensor y dar una pirueta. Ejecuto el Vuelo del Ángel y caigo sobre Maya. Nuestro impacto hace que azote sobre la lona. ¡Lo hice! Tumbé a Maya. Ella permanece acostada sobre la lona, recuperando su aliento. Una sonrisota tamaño monstruo llena su rostro.

—Ha pasado…ha pasado mucho tiempo —dice apenas. Se sienta y sacude la cabeza—. Tal como te dije, puede que tu tío Rodolfo tenga razón sobre ti.

—¿Razón de qué?

—De que algún día podrías ser el nuevo Ángel de la Guarda.

—Todavía soy adolescente —le recuerdo.

—Él lo sabe. Pero también sabe que deseas con todo el corazón ser el nuevo Ángel de la Guarda.

Acepto inclinando la cabeza.

—También sé que estás enojado conmigo, Max.

—No estoy enojado con usted —le digo.

—Claro que estás enojado —dice Maya—. Estás enojado como mucha gente estaba enojada conmigo hace años cuando Rodolfo iba a dejar de ser El Ángel de la Guarda para casarse conmigo.

—¿Iba a dejar de ser El Ángel de la Guarda? Pero el Vampiro me dijo que él escogió ser El Ángel de la Guarda en lugar de seguir con usted.

—Eso hice creer a tu tío Rodolfo —dice Maya.

—No entiendo.

—Tú tío Rodolfo no escogió ser El Ángel de la Guarda, yo escogí por él.

"What?"

"Your uncle would have unmasked in public for me if I had asked him to," says Maya. "He loved me that much."

"Wow…" I'm genuinely surprised by her words. Tio Rodolfo's secret identity is his most cherished possession. "Didn't you love him too?"

"I did," says Maya. "Leaving Rodolfo was one of the hardest decisions I've ever had to make. But lucha libre needed him. He was its heart and soul. People depended on him. Lucha libre was finally starting to become big because of him, and it would have died without him back then. I had to let him go.

"So…I told him it wasn't going to work, that he and I were wrong for each other. That we were too different. That I didn't love him. My words hurt him deeply, as much as it hurt me to say them. But I was determined to make sure that he would choose lucha libre over me.

"I tried to forget him, Max. I really did. But he was everywhere. He was in all the magazines. He was on television. Then there were comic books about him, and then came those silly movies of him. *The Guardian Angel versus the Vampire Women*—I mean, really? There he was in the movie screen bigger than ever.

"After a while I began to hate him. I began to question my decision to leave him. Why didn't he fight for me, I wondered? Why did he give up so easily? Eventually I met somebody else and got married. Sonia was born shortly after that."

—¿Cómo?

—Tu tío se hubiera quitado la máscara en público si yo se lo hubiera pedido —dice Maya—. Tanto así me amaba.

—Guau —de veras me sorprenden sus palabras. La identidad secreta de mi tío Rodolfo es su más preciada pertenencia—. ¿Qué no lo amaba usted también?

—Sí —dice Maya—. Dejar a Rodolfo fue una de las decisiones más duras que he tomado. Pero la lucha libre lo necesitaba. Él era su alma y su corazón. Había gente que dependía de él. La lucha libre finalmente se volvía popular gracias a él, y hubiera muerto sin él. Tuve que dejarlo ir.

—Así que... le dije que no iba a funcionar, que él y yo no éramos compatibles, que éramos demasiado diferentes. Le dije que no lo amaba. Mis palabras lo lastimaron profundamente, tanto como para mí decirlas. Pero yo estaba empeñada en que debería escoger la lucha libre por encima de mí.

—Traté de olvidarlo, Max. Sí lo intenté. Pero él estaba en todas partes. Estaba en todas las revistas. Salía en la televisión. Y hasta había cómics acerca de él, y luego esas películas simplonas. El Ángel de la Guardia contra las Mujeres Vampiro, ¿te imaginas? Ahí estaba en la pantalla del cine, más grande que nunca.

—Después de un tiempo empecé a odiarlo. Empecé a cuestionar mi decisión de dejarlo. Me preguntaba por qué él no luchaba por mí. ¿Por qué se rindió tan fácilmente? Eventualmente conocí a otra persona y me casé. Sonia nació poco después de eso.

"But if you hated the Guardian Angel, how did Sonia grow up to become La Dama Enmascarada?"

"Sonia was my whole life. She helped me forget about Rodolfo—or so I thought. I still remember the day she showed up from school with that blasted lucha libre magazine. The Guardian Angel was on the cover. She began to idolize him. Posters of him hung in her room. And just like that, Rodolfo was back in my life. When Sonia was seventeen and said she wanted to become a luchadora, I was completely against it. I forbade her, in fact."

"Did she know you were Silver Star?"

Maya shakes her head. "Not back then. I had kept that portion of my life a secret from her. But Sonia had it bad. She was hooked on lucha libre. She began to wrestle behind my back under a mask. When I found out, I called her out on it. But by then, she knew that I had been Silver Star. She called me a hypocrite for not letting her follow her dream. I got so mad at her that I sent her to live in America with her uncle. I was hoping that living in the U.S. would cause her to abandon her dream. But how could she? She was the daughter of Silver Star. Despite all my efforts to force her down a different path, she found her way back to lucha libre. It was her in blood. You should understand that, Max. Lucha libre is in your blood too."

"But why is my uncle retiring now?"

"He's suffering, Max."

The look in Maya's eyes tell me that she is being honest.

—Pero si odiaba al Ángel de la Guarda, ¿cómo es que Sonia creció para convertirse en La Dama Enmascarada?

—Sonia era toda mi vida. Ayudó a que me olvidara de Rodolfo, o al menos así lo creí. Todavía recuerdo el día cuando llegó de la escuela con esas mentadas revistas de lucha libre. El Ángel de la Guarda estaba en la portada. Se volvió su ídolo. Había carteles de él pegados en sus paredes. Y así nomás, Rodolfo regresó a mi vida. Cuando Sonia cumplió diecisiete y dijo que quería ser luchadora, yo estaba en contra de ello. De hecho, se lo prohibí.

—¿Ella sabía que usted era Estrella de Plata?

Maya sacude la cabeza.

—No en aquel entonces. Había guardado en secreto esa parte de mi vida. Pero Sonia estaba obsesionada. Estaba enganchada con la lucha libre. Empezó la lucha enmascarada a mis espaldas. Cuando lo descubrí, la regañé. Pero, para entonces, ella sabía que yo era Estrella de Plata. Me llamó hipócrita por no dejarla seguir su sueño. Yo estaba tan enojada con ella que la mandé a vivir a los Estados Unidos con su tío. Tenía la esperanza de que, viviendo allá, se olvidaría de su sueño. Pero, ¿cómo iba a hacerlo? Ella era la hija de Estrella de Plata. A pesar de todos mis esfuerzos para obligarla a seguir otro camino, encontró el modo de regresar a la lucha libre. Lo traía en la sangre. De seguro lo entiendes, Max. Tú también tienes la lucha libre en la sangre.

—Pero por qué ahora se está retirando mi tío?

—Es que sufre, Max.

La mirada de Maya me dice que es honesta conmigo.

"His bones hurt. There are mornings when he can hardly get out of bed. He says that today's luchadores just keep getting faster and stronger every year—or at least that's what he wants to believe. Truth be told: he is getting slower. It's getting harder and harder for him to go out there night after night.

"It's taken him a long time to accept that time stands still for nobody, Max. Not even for the mighty Guardian Angel. He also doesn't want to be like those luchadores who pop pain killers night after night to get by. He's been in this business long enough to know that it never ends well for those guys.

"He also doesn't want to be alone when it's all said and done. When he showed up at my door a few months back, I told him to leave. That I wanted nothing to do with him. But he was stubborn."

For a moment, I envision Tio Rodolfo not as the Guardian Angel. But as a man who has pushed his body as far as it can go. I feel a sense of shame wash over me. I viewed him as a legend, forgetting that behind that legend was a man made of flesh and blood. Legends may indeed live forever, but their protagonists grow old.

"I gave him up to lucha libre once," says Maya. "I won't do it again. Not this time. He needs me. He needs me to save him. If I don't save him, things won't end well for him. He will eventually get hurt out there, or worse. He especially needs you to understand why he has to give up being the Guardian Angel."

—Le duelen los huesos. Hay mañanas en las que apenas se puede levantar. Dice que los luchadores cada año son más rápidos y más fuertes, o al menos eso es lo que quiere creer. La verdad es que se está volviendo más lento. Le cuesta cada vez más trabajo salir noche tras noche.

—Le ha costado mucho tiempo entender que el tiempo no se detiene, Max. Ni siquiera para el poderoso Ángel de la Guarda. Tampoco quiere ser como esos luchadores que toman pastillas contra el dolor cada noche. Ha estado en el negocio suficiente tiempo como para saber que a esos nunca les va bien.

—Tampoco quiere estar solo cuando todo termine. Cuando apareció frente a mi puerta hace unos meses, le dije que se fuera. Que no quería nada con él. Pero fue necio.

Por un momento miré a mi tío Rodolfo no como El Ángel de la Guarda, sino como a un hombre que ha llevado su cuerpo hasta su límite. Me inundó un sentimiento de vergüenza. Lo miraba como una leyenda y había olvidado que detrás de esa leyenda había un hombre de carne y hueso. La leyendas viven para siempre, pero sus protagonistas envejecen.

—Una vez lo dejé escapar por la lucha libre —dice Maya—. No lo haré de nuevo. Ahora no. Me necesita. Me necesita para salvarlo. Si no lo salvo, las cosas no acabarán bien para él. Eventualmente quedará lastimado, o algo peor. Necesita que tú, en especial, entiendas por qué tiene que abandonar ser El Ángel de la Guarda.

"I'm sorry, Maya. I was acting like a dumb kid. I don't blame him for not wanting me to be the Guardian Angel anymore. Not after the way I acted."

"You misunderstand, Max. Your Tio Rodolfo thinks you would be an awesome Guardian Angel. Better than him in fact. There is nobody he would rather see standing in the ring giving life to the character he created." I stand up way straight, excited and humbled that Tio Rodolfo thinks so highly of me.

"But are you sure you will want to be the Guardian Angel when the time finally comes?"

"Yes," I tell her, surprised by her question. How could anybody not want to be the Guardian Angel?

"To be the Guardian Angel will require a lot of sacrifice. Are you willing to make those sacrifices?"

I nod my head.

"We'll see. As you get older, you might change your mind."

"I won't," I tell her. My voice is full of confidence.

Maya stands up and assumes a wrestling stance. "You got lucky that first time," she tells me. "Let's see if you can knock me off my feet a second time." I smile at her and get read to fight again.

—Lo siento, Maya. Yo actuaba como un niño tonto. No lo culpo por ya no querer que yo sea El Ángel de la Guarda. Por la manera que he actuado.

—Me mal entiendes, Max. Tu tío Rodolfo piensa que tú serías un sensacional Ángel de la Guarda. Mejor que él, de hecho. A nadie preferiría ver sobre el ring dándole vida al personaje que él creó.

Me paro derecho, emocionado y a la vez humilde porque el tío Rodolfo piensa en mí de esa forma.

—Pero, ¿estás seguro que querrás ser El Ángel de la Guardia cuando llegue el momento?

—Sí —le digo, sorprendido por su pregunta. ¿Cómo es posible que alguien no quisiera ser El Ángel de la Guarda?

—Ser El Ángel de la Guarda requiere mucho sacrificio. ¿Estás decidido a realizar esos sacrificios?

Asentí con la cabeza.

—Ya veremos. Conforme crezcas, quizás opines otra cosa.

—No lo haré —le digo. Mi voz llena de confianza.

Maya se para y asume una posición de lucha.

—Tuviste suerte la primera vez —me dice—. A ver si puedes tumbarme una segunda vez.

Yo sonrío y me preparo para luchar nuevamente.

9
WHO IS THE FALLEN ANGEL?
★ ★ ★ ★ ★ ★ ★
¿QUIEN ES EL ÁNGEL CAÍDO?

"Some claim he's an evil version of the Guardian Angel," says the television commentator, "…that he's the product of an experiment gone bad orchestrated by mad scientists who sought to clone the Guardian Angel, that, in their quest to play God, they brought forth the abomination known as the Fallen Angel.

"Yet others claim that the Fallen Angel is Lucifer himself in the flesh," adds Tio Lalo. "Those rumors could very well be true. He does hail from Catemaco after all, and what is Catemaco if not the witchcraft capital of the world? His sole mission on earth is to bring about the demise of the Guardian Angel. To be a curse upon him, if you will."

—Algunos dicen que es la versión maldita del Ángel de la Guarda —comenta el anunciador de la televisión—, que es el producto de un experimento que salió mal, orquestado por científicos locos que trataban de clonar al Ángel de la Guarda; que, con su intención de jugar a ser Dios, habían creado a esa abominación llamada El Ángel Caído.

—Sin embargo, otros dicen que El Ángel Caído es el mismísimo Lucifer —agrega el tío Lalo.— Esos rumores podrían ser la verdad. Después de todo, surge de Catemaco, y ¿qué es Catemaco si no la capital mundial de la brujería? Su única misión en la Tierra es destruir al Ángel de la Guarda. Ser una maldición para él.

"Lalo sure looks handsome," says Mirasol commenting of Lalo's television debut as a commentator for Lucha Libre Azteca, one of the premiere wrestling shows on television. Between creating lucha libre storylines and his new job as a television commentator, Lalo is making some serious money. But I still wonder: if circumstances were different, would he jump at the chance to get back in the ring? As El Toro Grande? Or maybe the new Guardian Angel? He invited Mirasol and me to come along and see him work.

"Could you go and get me a bottle of water?" says my tia Mirasol. She hands me a dollar bill. "I saw a vending machine down the hall." On my way there, I see a very big guy who looks like he's talking to himself.

"I will crush you," he says, then shakes his head. "That didn't sound right," he whispers to himself. "I will crush you," he repeats but louder this time. He clenches his right first in the air for a more dramatic effect.

"What are you doing?" I ask him. He turns to look at me, his face red. He looks to be in his early twenties and is built like a tank. His muscles seem to have muscles!

"Sorry, I was just practicing. Didn't know anybody was watching."

"Practicing for what?"

"I'll be doing an interview for television today. I want it to be awesome."

"What kind of interview?"

—Qué guapo se ve Lalo —dice Marisol refiriéndose al debut de Lalo como anunciador para Lucha Libre Azteca, uno de los mejores programas de lucha libre de la televisión. Entre su trabajo como creador de historias para lucha libre y su nuevo empleo como comentador de televisión, Lalo está ganando buen dinero. Pero todavía me pregunto: si las circunstancia fueran distintas, ¿no saltaría a la oportunidad de regresar al ring? ¿Como El Toro Grande? ¿O quizás como el nuevo Ángel de la Guarda? Nos invitó a Marisol y a mí a verlo trabajar.

—¿Me podrías traer una botella de agua? —dice mi tía Marisol. Me da un billete de a dólar—. Hay una máquina expendedora al final del pasillo.

Caminando hacia la máquina, me encuentro con un tipo grandote que parece estar hablando consigo mismo.

—Te destruiré —dice, luego sacude la cabeza—. Eso no se oyó bien —susurra—. Te destruiré —repite pero más fuerte. Empuña su mano derecha en el aire para lograr un efecto más dramático.

—¿Qué estás haciendo? —le pregunto. Voltea a mirarme, su cara roja. Parece tener veintipocos años y tiene la forma de un tanque. ¡Sus músculos parecen tener músculos!

—Disculpa, estaba practicando. No me fijé que alguien me estaba viendo.

—¿Qué estás practicando?

—Voy a dar una entrevista para la televisión. Quiero que sea genial.

—¿Qué tipo de entrevista?

"A lucha libre interview."

"You're a luchador?"

"I am," he says proudly.

"That's so awesome," I tell him. "That's what I want to be one day."

"It's been my dream since I was kid too."

"Who was your favorite luchador as a kid?"

"Who else but the Guardian Angel?"

"You like the Guardian Angel too?"

"Who doesn't? He's the best! When I was a kid, I loved watching his movies."

"Me too. My favorite is *The Guardian Angel versus the Vampire Women.*"

"That's my favorite one too," he tells me. We spend the next five minutes talking about our mutual love and admiration for the Guardian Angel.

"Let's see how well you know the Guardian Angel," he says. "Who trained him?"

"That's easy," I tell him. "Everybody knows it was the Tempest Anaya."

"Very good. Now you ask me one. Make it hard, I know everything about the Guardian Angel."

"Who did the Guardian Angel beat for his first world title?"

"Vampiro Velasquez," he declares. "I said ask me a hard one. That was way too easy."

—Una entrevista de lucha libre.

—¿Eres luchador?

—Sí, lo soy —dice con orgullo.

—Eso es genial —le digo—. Yo también quiero serlo un día.

—También era mi sueño desde que era chico.

—¿Quién era tu luchador favorito de niño?

—¿Quién más si no El Ángel de la Guarda?

—¿A ti también te gusta El Ángel de la Guarda?

—¿A quién no? ¡Es el mejor! Cuando era niño, me encantaba mirar sus películas.

—A mí también. Mi favorita es *El Ángel de la Guarda contra las Mujeres Vampiro*.

—Esa también es mi favorita —me dice. Y pasamos los siguientes cinco minutos hablando sobre nuestro amor y admiración mutua por El Ángel de la Guarda.

—Vamos a ver qué tan bien conoces al Ángel de la Guarda —dice—. ¿Quién lo entrenó?

—Esa es fácil —le digo—. Todo mundo sabe que fue El Tempestad Anaya.

—Muy bien. Ahora tú pregúntame. Que sea difícil, porque sé todo con respecto al Ángel de la Guarda.

—¿A quién venció El Ángel de la Guarda para obtener su primer título mundial?

—Vampiro Velásquez —contesta—. Te dije que me hicieras una pregunta difícil. Esa fue demasiado fácil.

"Who was the Guardian Angel's first tag team partner?"

"The Original White Angel. Not to be confused with his son, White Angel Junior. And who is the White Angel's half-brother?"

"Duh, Black Shadow" I tell him. "Everybody knows that. But let me ask you one you won't know: What was the Guardian Angel's first line in a movie?" I knew I had him. Hardly anybody knows the answer to that one.

"'Have no fear, the Guardian Angel is here,'" he declares much to my surprise. "It was the first line he spoke in his first movie *The Guardian Angel versus the Diabolical Zombies.*" Wow, I am truly impressed.

"Who was the Guardian Angel's first opponent ever?" He points his finger at me.

"Black Magic," I tell him. "That match was also the first time he ever delivered his finishing maneuver, the Hand of God."

"Very impressive," he declares. "You do know your stuff when it come to the Guardian Angel."

"You too."

It seems I've found somebody as knowledgeable about the Guardian Angel as I am. A text on my cellphone from my tia Mirasol reminds me that I am supposed to be getting her a bottle of water.

"It was great meeting you," I tell him. "Hope I can make my dream come true like you did."

"You will, I'm sure of it," he tells me. "Maybe we can even be tag team partners one day."

—¿Quién fue la primera pareja de lucha libre del Ángel de la Guarda?

—El Ángel Blanco original. Que no se confunda con su hijo, Ángel Blanco Junior. ¿Y quién es el medio hermano del Ángel Blanco?

—Dah, Black Shadow —le digo—. Todo mundo lo sabe. Pero déjame preguntarte una que no te vas a saber: ¿Cuál fue la primera línea del Ángel de la Guarda en una película?

Con esa le voy a ganar. Casi nadie se sabe la respuesta.

—"No temas, llegó El Ángel de la Guarda" —respondió, sorprendiéndome—. Fue la primera línea que dijo en su primer película, *El Ángel de la Guarda contra los Zombis Diabólicos*.

Guau, estoy bien impresionado.

—¿Quién fue el primer oponente del Ángel de la Guarda? —me señala con el dedo.

—Magia Negra —le digo—. También fue el primer encuentro donde realizó su maniobra final, la Mano de Dios.

—Muy impresionante —me dice—. Parece que sí sabes todo con respecto al Ángel de la Guarda.

—Tú también.

Parece que encontré a alguien que sabe tanto del Ángel de la Guarda como yo. Un texto de mi tía Marisol en mi celular me recuerda que debía llevarle una botella de agua.

—Me dio mucho gusto conocerte —le digo—. Ojalá que un día pueda realizar mi sueño como tú lo hiciste.

—Vas a ver que sí. Estoy seguro —me dice—. Hasta podríamos ser pareja de lucha libre algún día.

"That would be so awesome."

"Yes, it would."

"I'm Max, by the way."

"I'm Rigoberto," he tells me. "Most people just call me Rigo however."

"Nice to meet you, Rigo," I tell him, extending my hand out to him.

"Nice to meet you too, Max." He shakes my hand.

"You're up, Rigo," says a man carrying a clipboard. "It's show time."

"Time for me to go and do my interview. This is going to be the biggest match of my life, Max. I still can't believe that it's happening."

"Who are you facing?" I ask him as he is reaching into his duffel bag. He pulls out his lucha libre mask. I watch as he pulls the mask over his face and pulls at the twin laces tightening it into place.

"The Guardian Angel," he tells me. "I'm facing the Guardian Angel. How wild is that?" I stare at him in disbelief. That mask. That black mask with silver embroidered flames. Rigo is the Fallen Angel!

—Eso sería genial.

—Claro que sí.

—Yo me llamo Max.

—Yo soy Rigoberto —me dice—. Pero la mayoría de la gente me dice Rigo.

—Mucho gusto en conocerte, Rigo —agrego, ofreciéndole la mano.

—Igualmente, Max —sacude mi mano.

—Ya sigues, Rigo —dice un hombre con un portapapeles. Ha llegado la hora del show.

—Llegó la hora de mi entrevista. Este va a ser la mejor lucha de mi vida, Max. Todavía no puedo creer que va a suceder.

—¿Contra quién vas a luchar? —le pregunto mientras agarra su mochila. Saca una máscara de lucha libre. Miro cuando se la pone y se amarra las agujetas para apretarla.

—El Ángel de la Guarda —me dice—. Voy a luchar contra El Ángel de la Guarda. Qué loco, ¿verdad?

No lo puedo creer. Esa máscara. Esa máscara negra con las llamas plateadas. ¡Rigo es El Ángel Caído!

10

AN ALL–STAR WEDDING
★ ★ ★ ★ ★ ★ ★
UNA BODA DE SUPERESTRELLAS

"Who are all these very muscular-looking men?" asks my tia Dolores.

"I think they are Rodolfo's friends," says Tia Socorro. She's biting her lower lip. They are far more than just muscular-looking men. They are some of the greatest luchadores to have ever set foot in a lucha libre ring. But my tias don't know that.

"And who are these two lovely young ladies at your side, Max?" asks Vampiro Velasquez. He makes a truly striking figure in his black tuxedo and walking cane. All that Vampiro needs is a cape to pass for Count Dracula.

★ ★ ★ ★ ★ ★ ★ ★ ★ ★ ★ ★ ★

—¿Quiénes son todos estos hombres musculosos?

—Creo que son amigos de Rodolfo —dice mi tía Socorro. Muerde su labio inferior. Son mucho más que unos hombres musculosos. Son algunos de los luchadores más famosos que han subido a un ring de lucha libre. Pero mis tías no lo saben.

—¿Y quiénes son estas dos jóvenes encantadoras a tu lado, Max? —pregunta El Vampiro Velásquez. Se ve realmente distinguido con su esmoquin negro y su bastón. Todo lo que le hace falta al Vampiro es una capa negra para parecerse al Conde Drácula.

He leans over and kisses the hands of both Dolores and Socorro. They giggle like school girls.

"These are my aunts Dolores and Socorro," I tell Vampiro.

"Aunts? But you both look so young... I would have thought you were Max's sisters." Hard as it is to believe, that corny line from Vampiro does the trick. Dolores and Socorro are positively swooning over him.

"If you ladies will excuse us, Max and I have some matters to discuss," says Vampiro, making a bowing motion. As we walk away, I can hear my tias arguing.

"He likes me," declares Socorro.

"No, he likes me," retorts Dolores.

"There is somebody I want you to meet, Max. This rough-looking guy here is Oscar Perales," says Vampiro.

"Is this the young man you've been telling me about?" asks Oscar. "Rodolfo's nephew?"

"Indeed he is," says Vampiro Velasquez. "Oscar here used to wrestle under the moniker of the Angel of Death." The revelation leaves me stunned. The Angel of Death and the Guardian Angel had some classic matches in the past. He actually defeated the Guardian Angel for his championship belt once. The Guardian Angel would come back, however, to reclaim his heavy weight title three months later.

"Vampiro here wants me to work with you next summer at his wrestling school."

"He does?"

The revelation is news to me. But that would be so awesome!

Se agacha y besa las manos de Dolores y Socorro. Se ríen como chiquillas de escuela.

—Son mis tías Dolores y Socorro —le digo al Vampiro.

—¿Tías? Pero se ven tan jóvenes… Hubiera dicho que son las hermanas de Max. —Es difícil de creer, pero esa frase tan cursi funciona a la perfección. Dolores y Socorro están que se mueren por él.

—Con su permiso, doncellas, Max y yo tenemos unos asuntos que discutir —dice el Vampiro, haciendo una caravana. Conforme nos retiramos puedo escuchar a mis tías discutiendo.

—Le gusto —dice Socorro.

—No, yo le gusto —replica Dolores.

—Hay alguien que quiero que conozcas, Max. Este hombre con cara dura es Óscar Perales —dice el Vampiro.

—¿Es este el joven de quien me has hablado? —pregunta Óscar—, ¿el sobrino de Rodolfo?

—Este mero es —dice El Vampiro Velásquez—. Óscar solía luchar con el nombre de El Ángel de la Muerte.

La revelación me sorprende. El Ángel de la Muerte y El Ángel de la Guarda tuvieron unos encuentros clásicos en el pasado. Hasta llegó a vencer al Ángel de la Guarda en uno de sus campeonatos. Mas El Ángel de la Guarda regresaría para reclamar su título de peso completo tres meses después.

—El Vampiro quiere que trabaje contigo el siguiente verano en su escuela de lucha libre.

—¿De veras?

Esto es algo que no sabía. ¡Pero sería genial!

"With your mother's permission, of course," says Vampiro Velasquez.

"It's great to meet you, sir," I tell the Angel of Death.

"Great to meet you too, Max. If everything Vampiro has been saying about you is true, I'm looking forward to working with you."

"I think somebody is waiting for you to escort her to her seat, Max," says Vampiro motioning me towards the church entrance. "I believe your girlfriend is here." Standing at the entrance is Paloma wearing a stunning pink dress and a pair of pink wrestling boots. That is such a Paloma thing for her to do.

"You look beautiful," I tell her as I escort her to the bride's side of the aisle.

"And you clean up pretty good in a tux," says Paloma.

"Paloma and Max sitting under a tree..." we hear Gus begin to chant.

"You better stop that, Gus," warns Paloma. "Church or not, I will drop kick you if you don't."

"Is anybody else from the Lucha Libre Club coming to the wedding?" I ask Gus.

"I think it's just us," says Gus. "Though it would have been awesome to have everybody here."

"We'll see everybody in a few weeks," says Paloma.

"Your tio Lalo is here," says Gus. He uses his index fingers to simulate horns as Lalo and his wife Mirasol pass by. "El Toro Grande is in the house."

—Con el permiso de tu mamá, por supuesto —dice El Vampiro Velásquez.

—Es placer conocerlo señor —le digo al Ángel de la Muerte.

—Igualmente, Max. Si todo lo que ha dicho de ti el Vampiro es verdad, será un placer trabajar contigo.

—Creo que alguien está esperando que la lleves a su asiento, Max —dice el Vampiro señalando la entrada de la iglesia—. Parece que ha llegado tu novia.

Parada en la entrada está Paloma, con un bello vestido rosa y botas rosas de luchadora. Es algo muy Paloma.

—Te ves bien bonita —le digo mientras la llevo a la sección de invitados de la novia.

—Y tú te ves bastante bien de esmoquin —dice Paloma.

—Paloma y Max se van a casar… —escuchamos que Gus empieza a cantar.

—Más vale que le pares, Gus —advierte Paloma—. Aunque estemos en la iglesia, te lanzo unas patadas voladoras si no paras.

—¿Va a venir alguien más del Club de Lucha Libre? —le pregunto a Gus.

—Creo que nomás nosotros —dice Gus—. Hubiera sido genial que todos hubieran venido.

—Ya los veremos en una semanas —dice Paloma.

—Llegó tu tío Lalo —dice Gus. Usa sus dedos para simular cuernos cuando pasan Lalo y su esposa Marisol—. Ha llegado El Toro Grande.

Baby Allison looks real cute in her little pink dress. Tio Rodolfo is escorting my mom and dad to their pews.

Little Robert is asking Mom how long the wedding will be. "I'm hungry," he says.

Rita pinches Little Robert in the arm. In a very Mama Braulia-like tone, she tells him to stop thinking about food while he's in church.

"Have I ever told you that I think your sister Rita is a real hottie?" asks Gus.

"Excuse me…" Did he just call my sister Rita a hottie?

"I mean, she's real pretty." Gus is smiling at Rita who—much to my surprise—smiles back at him. Is my sister Rita flirting with Gus? That's sick!

"Gus and Rita sitting under a tree…" Paloma begins to chant.

"Don't even go there," I lean over, sputtering in her ear.

"Oh, don't be such a stiff, Max. You can't stand in the way of true love."

"Wanna bet?"

I watch as Tio Rodolfo and Vampiro make their way to the front of the church. I'm astonished at the sight of them: the Guardian Angel and Vampiro Velasquez, two of the biggest rivals in all of lucha libre, are standing together all decked out in tuxedos—in a church!

Vampiro will be the Guardian Angel's best man at his wedding. He called it *returning the favor* since Tio Rodolfo has been the best man at five of his nine weddings.

La bebé Allison se ve muy linda con su vestido rosa. El tío Rodolfo lleva a mi mamá y mi papá a sus lugares.

Robertito le pregunta a mi mamá cuánto durará la boda porque tiene hambre.

Rita le da un pellizco a Robertito en el brazo. En un tono muy Mamá Braulia le dice que deje de pensar en comida mientras está en la iglesia.

—¿Te he dicho que pienso que tu hermana Rita está bien chula? —pregunta Gus.

—¿Perdón? —¿Le acaba de decir chula a mi hermana Rita?

—Digo, es que está bien bonita —Gus le sonríe a Rita quien, muy para mi sorpresa, le sonríe de regreso. ¿Acaso mi hermana Rita está coqueteando con Gus? ¡Qué asco!

—Gus y Rita se van a casar… —empieza a cantar Paloma.

—Ni se te ocurra —me acerco a ella y le susurro en el oído.

—No seas tan tieso, Max. No puedes oponerte cuando el amor es verdadero.

—¿Apuestas?

Veo cuando mi tío Rodolfo y el Vampiro caminan hacia el frente de la iglesia. Me asombra verlos: El Ángel de la Guarda y El Vampiro Velásquez, dos de los más grandes rivales de la lucha libre, parados juntos, con esmoquins, ¡en una iglesia!

El Vampiro será el padrino de boda del Ángel de la Guarda. Lo llamó *regresarle el favor*, ya que mi tío Rodolfo ha sido padrino en cinco de las nueve bodas del Vampiro.

Vampiro told me once that at first they didn't like each other very much, that back in their younger days, Tio Rodolfo thought Vampiro was too much of a braggart. Vampiro in turn thought Tio Rodolfo had it easy, that he was just a guy who had gotten lucky and come up with a clever gimmick. Still, all those years of working together had blossomed into a friendship that was built not only on respect, but genuine affection for each other. The Guardian Angel and Vampiro Velasquez had both come to understand that they needed each other, that a hero was only as good as the villain who opposed him.

"Here comes the bride!" declares Paloma as the bridal chorus begins to play. Sonia Escobedo, who is also La Dama Enmascarada is walking her mother down the aisle. Maya is dressed in silver. Draped over her shoulders is a long silver cape with embroidered golden stars. The colors are reminiscent of her old lucha libre attire.

My mother is already in tears. My dad puts his arm around her and kisses her lovingly on the lips. I've never seen him do that in public! That's when the enormity of this moment for my mother dawns on me: the uncle who she believed was dead for so many years is about to get married. I can feel a lump forming in my throat.

Maya and Tio Rodolfo hold hands at the altar. For a moment, I envision them not as Tio Rodolfo and Maya Escobedo, but as the Guardian Angel and Silver Star.

Do you take Silver Star to be your lawfully wedded wife?

I do.

Do you take the Guardian Angel as your lawfully wedded husband?

★ El Vampiro me dijo que al principio, cuando eran jóvenes, no se caían nada bien. Mi tío Rodolfo pensaba que el Vampiro era demasiado presumido. El Vampiro pensaba que el tío Rodolfo la tenía demasiado fácil, que era un tipo que había tenido la suerte de dar con un buen truco y ya. No obstante, durante todos esos años de trabajar juntos, había surgido una amistad basada en el respeto y en el afecto genuino que se tenían. El Ángel de la Guarda y El Vampiro Velásquez habían llegado a la conclusión de que se necesitaban, de que un héroe solo podía ser tan bueno como el villano que lo oponía.

—¡Ahí viene la novia! —dice Paloma cuando empieza el coro de la iglesia. Sonia Escobedo, conocida también como La Dama Enmascarada, está caminando con su madre por el pasillo central, Maya está vestida de plateado. Sobre los hombros lleva una gran capa plateada con un tejido de estrellas doradas. Los colores nos recuerdan a la forma en que se vestía cuando era luchadora.

Mi mamá ya está llorando. Mi papá la rodea con un brazo y le da un amoroso beso en los labios. ¡Nunca lo he visto hacer eso en público! En ese momento entiendo lo enorme que significa este momento para mi mamá: el tío que ella creía que estaba muerto durante tantos años está a punto de casarse. Yo siento un nudo en la garganta.

Maya y el tío Rodolfo se toman las manos en el altar. Por un momento, no los veo como mi tío Rodolfo y Maya Escobedo sino como el Ángel de la Guarda y Estrella de Plata.

¿Aceptas a Estrella de Plata como esposa?

Sí, la acepto.

¿Aceptas al Ángel de la Guarda como esposo?

I do.

Then by the power vested in me by the spirit of lucha libre, I declare you husband and wife. You may kiss your bride.

The sound of people cheering awakens me from my vision. Tío Rodolfo and Maya have just been declared husband and wife—not only in my vision, but in real life!

★ *Sí, lo acepto.*

Entonces, por el poder que me concede el Espíritu de la Lucha Libre, los declaro marido y mujer. Puede besar a la novia.

Los vitoreos de la gente me sacan de mi trance. Mi tío Rodolfo y Maya han sido declarados marido y mujer, no solo en mi trance ¡sino también en la realidad!

11

VAMPIRO'S EX-WIFE CRASHES THE PARTY
★ ★ ★ ★ ★ ★ ★
LA EXESPOSA DEL VAMPIRO INTERRUMPE LA FIESTA

"Where is that worthless excuse for an ex-husband of mine?" asks one of the wedding guests from the bride's side of the family. "Where is that two-timing scoundrel? I will pull his decrepit old fangs out of his mouth with my bare hands."

"Who is that dreadful woman?" asks Mama Braulia.

"I believe that's Teresa," says Tio Rodolfo. "Vampiro Velasquez's fifth ex-wife."

—¿Dónde está mi exesposo bueno para nada? —pregunta una de las invitadas del lado de la familia de la novia—. ¿Dónde está ese sinvergüenza? Le voy a sacar esos colmillos decrépitos con mis manos.

—¿Quién es esa mujer espantosa? —pregunta Mamá Braulia.

—Creo que es Teresa —dice mi tío Rodolfo—. La quinta exesposa del Vampiro Velásquez.

"Wife number four actually," says Maya. "I wasn't going to invite her, but she's been my friend for years. Plus she promised me she had gotten over Vampiro, that she was perfectly ok being in the same room with him."

"Apparently not," says Tio Rodolfo.

"She's normally not like this," says Maya. "Something had to have set her off, or maybe it was someone? Where is Vampiro?"

"Probably hiding under a table," says Tio Rodolfo. "Vampiro Velasquez fears no man, but when it comes to his ex-wives…he is terrified of them. He claims they are the real vampires, that between alimony and child support they have bled him dry."

"Go look for Vampiro, Max," says Maya. "Go get him before Teresa gets any worse."

"I'll go talk to her," says Tio Rodolfo.

"No," says Maya. "Only Vampiro can calm her down. You know that."

"Is she gone yet?" I hear a voice say as I start looking for Vampiro. It's Vampiro, and Tio Rodolfo was right. Vampiro Velasquez is hiding under a table!

"No," I tell him. "She is still ranting and raving in the middle of the dance hall.

"This is so embarrassing. I would go and deal with her if it wasn't for one thing."

"What's that?"

—La esposa número cuatro —dice Maya—. No la iba a invitar, pero ha sido mi amiga durante muchos años. Además, me dijo que ya no sentía nada por el Vampiro, que no tenía problema con estar en el mismo cuarto con él.

—Parece que no lo cumplió —dice mi tío Rodolfo.

—Normalmente no es así —dice Maya—. Algo la ha de haber encendido, o quizás ¿alguien? ¿Dónde está el Vampiro?

—Probablemente escondido bajo la mesa —dice mi tío Rodolfo. El Vampiro Velásquez no les teme a los hombres, pero sus exesposas… le aterran. Asegura que ellas son las verdaderas vampiras, que entre tanto pago de pensión alimenticia lo han dejado sin sangre.

—Ve a buscar al Vampiro, Max —dice Maya—. Encuéntralo antes de que empeore Teresa.

—Voy a hablar con ella —dice mi tío Rodolfo.

—No —dice Maya—. Solo El Vampiro la puede tranquilizar, tú sabes.

—¿Ya se fue? —escucho que dice una voz cuando busco al Vampiro. Es el Vampiro, y mi tío Rodolfo tenía razón, ¡El Vampiro Velásquez está debajo de la mesa!

—No —le digo—. Todavía está despotricando en medio de la pista de baile.

—Esto es muy vergonzoso. Me enfrentaría a ella si no fuera por una simple razón.

—¿Cuál?

"She terrifies me. Teresa is one of the nicest women you will ever meet, Max. She's a real sweetheart. Except when she gets jealous. Then she becomes a very violent woman. I learned that during our second week of marriage after she accused me of cheating on her with an American luchadora who went by the name of Big Bad Bertha. Has she threatened to pull my fangs out with her bare hands yet?"

"She has."

"That's good," says Vampiro. "She usually gets tired around the point where she starts talking about wanting to pull my fangs out. It shouldn't be long now." I glance over at Teresa and see that she is indeed starting to yawn in the middle of the dance floor.

"What set her off?" I ask him.

"She caught me flirting with your tias."

"Really? You were flirting with my tias?"

"To be fair, they were flirting with me," says Vampiro defensively. "Those two tias of yours are real firecrackers. Would you believe me if I told you they were arguing over which of the two was the better kisser?"

"You didn't!" I cringe at the idea of my tias engaged in a kissing contest with Vampiro Velasquez.

"I did," says Vampiro grinning. "What's worse is that Teresa caught me before I had a chance to render my decision."

"So Teresa got jealous?"

"She was furious!"

"But you're divorced."

—Me aterra. Teresa es una de las personas más lindas que podrías conocer, Max. Es un bombón. Excepto cuando se pone celosa. Entonces se vuelve una mujer violenta. Aprendí eso durante nuestra segunda semana de matrimonio, después de que me acusó de serle infiel con una luchadora americana que se hacía llamar Big Bad Bertha. ¿Ya amenazó con sacarme los colmillos con sus manos?

—Sí.

—Eso es bueno —dice el Vampiro—. Por lo general empieza a cansarse cuando empieza a meterse con mis colmillos. Ya no tarda —veo a Teresa y me doy cuenta de que, ciertamente, empieza a bostezar en medio del salón de baile.

—¿Qué la sulfura?

—Me descubrió coqueteando con tus tías.

—¿De veras? ¿Estabas coqueteando con mis tías?

—En realidad, ellas estaban coqueteando conmigo —dice el Vampiro defendiéndose—. Esas dos tías tuyas son una bomba. ¿Me vas a creer si te digo que estaban discutiendo sobre cuál de las dos besaba mejor?

—¡No me digas que...! —se me revuelve el estómago de pensar que mis tías empezaron una competencia de besos con El Vampiro Velásquez.

—Sí —dice el Vampiro con una sonrisa—. Lo peor es que Teresa me descubrió antes de poder dar mi dictamen.

—¿Entonces Teresa se puso celosa?

—¡Se volvió una furia!

—Pero están divorciados.

"True," says Vampiro. "But sometimes, Max, old feelings have a way of rushing back when you least expect them to. Emotions that you thought were dead and buried have a funny way of coming back to life. Remember that, Max. It might happen to you too."

Really?

"What about Teresa? Maya sent me to find you. She said that you are the only one who knows how to deal with her."

"Let me just lie low here for a little while longer," says Vampiro. "Just a couple more minutes and then I will go out and talk to her. How are you doing, by the way? Are you ready to become the Guardian Angel yet?"

"I'm still too young."

"Where is it written that a replacement for the Guardian Angel has to happen now?"

"But if a successor doesn't step up soon, people will forget all about the Guardian Angel."

"The legend of the Guardian Angel will endure. His name will forever be etched into the annals of lucha libre lore. Be it tomorrow or ten years from now, the silver mask with the embroidered orange flames will survive till a worthy successor reveals himself."

"You really think so?"

"I know so." That said, Vampire Velasquez turns to look at Teresa. "It wasn't always like this," says Vampiro Velasquez. "Terersa and I had our tender moments too. When I first met her she was one of the best luchadoras in the world.

"She was a luchadora?"

—Es cierto —dice el Vampiro—. Pero algunas veces, Max, los viejos sentimientos de repente regresan cuando menos los esperas. Emociones que pensabas que estaban muertas y enterradas de pronto vuelven a la vida. Acuérdate de eso, Max. A ti también te podría pasar.

¿De veras?

—¿Y qué hacemos con Teresa? Maya me mandó a que te buscara. Dice que eres la única persona que sabe cómo lidiar con ella.

—Déjame quedarme aquí escondido por unos momentos más —dice el Vampiro—. Solo un par de minutos y luego iré a platicar con ella. Y a ti, ¿cómo te va? ¿Estás listo para volverte El Ángel de la Guardia?

—Soy demasiado joven.

—¿Dónde está escrito que el reemplazo del Ángel de la Guardia tiene que ser ahora mismo?

—Pero si no aparece pronto un sucesor, la gente se olvidará del Ángel de la Guardia.

—La leyenda del Ángel de la Guarda va a perdurar. Su nombre quedará marcado por siempre en los anales de la lucha libre. Sea mañana o dentro de diez años, la máscara plateada con las flamas color naranja sobrevivirá hasta que aparezca un sucesor digno.

—¿De veras cree eso?

—Lo sé de cierto —y habiendo dicho eso, El Vampiro Velásquez voltea hacia Teresa—. No siempre fue así —dice-. Teresa y yo también tuvimos momentos tiernos. Cuando recién la conocí era una de las mejores luchadoras del mundo.

—¿Era luchadora?

"Surely you know the name of La Diabla Roja, Max."

"The Red Devil? Wow! Why was she always so jealous? Did you cheat on her?"

"That's the thing, Max. I never cheated on her. She always accused me of cheating on her, but truthfully I never did. Not her. I truly did love her. Our marriage fell apart because she couldn't trust me. Not that I blame her, given my history. At one point I had to accept that she was never going to trust me."

"Is that why you stopped loving her?"

"I NEVER stopped loving her! Now, if you will excuse me, I must go and deal with my ex-wife." I watch as Vampiro stands up and dusts himself off. He first makes sure his hair is in place and then walks to the middle of the dance floor towards Teresa.

"There you are," she cries out and begins walking towards him. She looks like she is ready to let him have it, but trips at the last minute and collapses into the waiting arms of Vampiro Velasquez. He kisses her passionately on the lips. Much to my surprise, she kisses him back just as passionately. Out of the corner of my eye, I watch as my tias Socorro and Dolores cringe. They must have realized that their collective kissing prowess is no match for Teresa's.

"Vampiro is here, Teresita," I hear him tell her as he holds her in his arms and they begin to dance. "Vampiro is here, and you are with Vampiro. Everything is going to be okay." Teresa nods, and places her head on Vampiro's chest. They dance all night. Even when the band isn't playing anymore, they just keep dancing.

—Seguro has oído hablar de La Diabla Roja, Max.

—¿La Diabla Roja? ¡Guau! ¿Por qué siempre fue celosa? ¿Usted le era infiel?

—Ahí está la cosa, Max. Nunca le fui infiel. Siempre me acusaba de haberle sido infiel, pero la verdad es que nunca lo hice. A ella no. La amaba sinceramente. Nuestro matrimonio se derrumbó porque no podía confiar en mí. Tampoco la culpo, dada mi historia. Llegó el punto en que tuve que aceptar que jamás confiaría en mí.

—¿Por eso la dejó de querer?

—¡NUNCA dejé de quererla! Ahora, con tu permiso, debo enfrentarme a mi ex esposa.

Miro cómo el Vampiro se pone de pie y se sacude la ropa. Primero se asegura de estar bien peinado y luego camina hacia el centro de la pista de baile hacia Teresa.

—Ahí estás —grita y empieza a caminar hacia él. Se ve que está a punto de darle una, pero se tropieza y cae en los brazos del Vampiro Velásquez. Él le besa apasionadamente los labios. Me sorprendo porque ella lo besa también con la misma pasión. Alcanzo a ver cómo mis tías Socorro y Dolores se estremecen. Se debieron dar cuenta que sus proezas besadoras no se comparaban con las de Teresa.

—Aquí está el Vampiro, Teresita —escucho que le dice mientras la sostiene en su brazos y empiezan a bailar—. El Vampiro está aquí y tú estás con el Vampiro. Todo estará bien.

Teresa lo acepta y pone su cabeza sobre el pecho del Vampiro. Bailan toda la noche. Hasta cuando la banda paro de tocar, siguieron bailando.

12

ALL HELL BREAKS LOOSE
★ ★ ★ ★ ★ ★ ★
SE ARMA UN ZAFARRANCHO

"*Lucha Azteca* is about to start," says Little Robert as he plops down in front of the television set. "You all better hurry or you're going to miss it."

"So this was all taped at the television studio last week, Lalo?" asks Papa Ventura.

"Parts of it," says Lalo. "Some parts were filmed on the day I was there. While other parts were filmed later in the week. To the viewer at home, it will seem like it's all taking place live. But in reality everything is edited to make it look that way."

—*Lucha Azteca* está por empezar —dice Robertito mientras se acomoda delante de la televisión—. Más vale que se apuren si no se la pierden.

—¿Así que esto fue grabado en los estudios de televisión la semana pasada, Lalo? —pregunta Papá Ventura.

—En parte —dice Lalo—. Unas partes fueron grabadas el día que estuve ahí. Mientras que otras partes se filmaron después en la semana. Para el espectador, parecerá que todo se desarrolla en vivo; pero, en realidad, todo ha sido editado para que parezca así.

"Is he going to do it?" asks Mama Braulia. "Is Rodolfo going to tell everybody he is retiring?"

"Just watch," says Lalo as the opening chords of heavy metal music hit, signaling the start of *Lucha Azteca*.

"Tonight we have a great show for all you lucha fans," declares Tio Lalo from the television screen."

"We do indeed," says the second commentator, Rolando Vera. "We will be joined by a true titan of lucha libre: the legendary Guardian Angel! AND, he has a very important announcement for our viewers."

"We will also be joined by the epic newcomer who is taking the lucha libre world by storm," adds Lalo. "The Fallen Angel of Catemaco will issue a very special challenge to the Guardian Angel."

As the show runs its course, we get to the part where the Guardian Angel is supposed to make his very important announcement. He walks out to the television studio dressed in a white suit and tie and takes a seat next to Lalo and the other host. Tio Rodolfo, of course, is wearing his legendary silver mask with embroidered orange flames.

"You have something very important to tell us," says Lalo.

"I do," says the Guardian Angel. "As you all know, I have been a part of lucha libre for many years now."

—¿Lo va a hacer? —pregunta Mamá Braulia—. ¿Rodolfo le va a decir a todos que se va a retirar?

—Vamos a ver —dice Lalo mientras comienzan los primeros acordes de música heavy metal, señalando el principio de *Lucha Azteca*.

—Esta noche tenemos un gran espectáculo para todos los fanáticos de la lucha libre —dice mi tío Lalo desde la pantalla de la televisión.

—En efecto —dice el segundo comentarista, Rolando Vera—. Estará con nosotros un verdadero titán de la lucha libre, ¡el legendario Ángel de la Guarda! Y tiene un anuncio importante para todos los espectadores.

—También estará con nosotros el recién llegado que ha venido a sorprender a la afición de la lucha libre —agrega Lalo—. El Ángel Caído de Catemaco ofrecerá un desafío especial para El Ángel de la Guarda.

Conforme avanza el programa, llega el momento en que El Ángel de la Guarda se supone que debe hacer su anuncio importante. Camina hacia el estudio de televisión vestido con un traje y corbata blancos y se sienta junto a Lalo y al otro anfitrión. Mi tío Rodolfo, por supuesto, trae puesta su legendaria máscara plateada con flamas naranjas bordadas.

—Tiene algo muy importante que decirnos —dice Lalo.

—Sí —dice El Ángel de la Guarda—. Como ustedes saben, he sido parte de la lucha libre durante muchos años.

"Indeed you have," says Rolando. "Many call you the greatest luchador in the history of the sport. Some have gone as far as calling you its very heart and soul, that the Guardian Angel is bigger than lucha libre itself."

"That's very kind of you to say," says the Guardian Angel. "But no one man is bigger than lucha libre. New superstars are born every day. They are younger, and at times stronger and more athletically gifted than the luchadores of the past. Lucha libre will survive, even without the Guardian Angel."

"What are you trying to tell us?" asks Lalo.

"What I'm trying to say is—" the Guardian Angel can't seem to finish his sentence. The words seem to be stuck in his throat. He wipes a lone tear from his masked face and takes a deep breath. "What I'm trying to say is that time waits for no man, not even for the Guardian Angel. I want to announce to all here, and all those watching at home, that effective immediately I will be retiring from lucha libre." I can only imagine the gasps taking place across the world: the Guardian Angel retiring is huge. It's bigger than big!

"You can't mean that," says Rolando. "The world of lucha libre needs its Guardian Angel."

"Lucha libre will survive without me," says the Guardian Angel. "Recent changes in my life, wonderful changes in fact, have dictated that it is time for me to say goodbye to a sport that I have loved more than life itself."

—Claro que lo sabemos —dice Rolando—. Muchos le llaman el más grande luchador de la historia del deporte. Algunos incluso lo han llamado su alma y corazón, que El Ángel de la Guarda es más grande que la lucha libre misma.

—Muy amables que me digan esto —dice El Ángel de la Guarda—, pero ningún hombre es más grande que la lucha libre. Cada día nacen superestrellas. Son más jóvenes, y a veces más fuertes y más atléticos que los luchadores del pasado. La lucha libre sobrevivirá aún sin El Ángel de la Guarda.

—¿Qué nos trata de decir? —pregunta Lalo.

—Lo que trato de... —el Ángel de la Guarda no parece poder terminar lo que va a decir. Las palabras parecen estar atoradas en su garganta. Se limpia una lágrima solitaria de su máscara y respira profundo—. Lo que trato de decir es que nada ni nadie detiene al tiempo, ni siquiera El Ángel de la Guarda. Quiero anunciar a todos los aquí presentes, y a todos los que nos miran desde sus hogares, que pronto me retiraré de la lucha libre.

Solo puedo imaginar todos los suspiros que se escuchan alrededor del mundo: el retiro del Ángel de la Guarda es una noticia enorme. ¡Es grandísima!

—Pero no puede ser —dice Rolando—. El mundo de la lucha libre necesita a su Ángel de la Guarda.

—La lucha libre sobrevivirá sin mí —dice El Ángel de la Guarda—. Cambios recientes en mi vida, cambios maravillosos, han dictado que es tiempo de que le diga adiós a un deporte que he amado más que a la vida misma.

"Wonderful changes?" asks Lalo. "Tell us more."

"I got married," he declares.

"You got married?" cries out Rolando Vera.

"Would you all like to meet my bride?"

"Of course we would," exclaims Tio Lalo. From backstage Silver Star emerges wearing her lucha libre mask. The second commentator stands up and claps at the arrival of the legendary luchadora.

"Silver Star," he declares. "It's such an honor to have you in our studios." The Guardian Angel walks over and escorts Silver Star to a seat next to him. "So, how did it happen?"

"It's a long story," Silver Star begins to say when she is interrupted by the sound of crashing television cameras and people screaming.

"Coward," screams the Fallen Angel as he emerges from the back. "You are retiring not because you got married. You are retiring because you are too much of a coward to face me in the ring!"

"You aren't supposed to be here yet," declares Lalo. "Your segment isn't till later in the show."

"I don't care," snarls the Fallen Angel. "All my life I've waited for the chance to show everybody that I am bigger, better and stronger than you, Guardian Angel. You will not deny me that opportunity. You will face me in the ring like a man. Don't hide from me like a coward!"

"He's retired," declares Silver Star, getting right up into the Fallen Angel's face. "He isn't a luchador anymore."

—¿Cambios maravillosos? —pregunta Lalo—. Díganos más.

—Me casé —dice.

—¿Se casó? —exclama Rolando Vera.

—¿Les gustaría conocer a mi esposa?

—Claro que sí —dice el tío Lalo. De atrás del escenario surge Estrella de Plata con su máscara de luchadora. El segundo comentador se pone de pie y aplaude ante la presencia de la luchadora legendaria.

—Estrella de Plata, es un honor tenerla en nuestros estudios —anuncia. El Ángel de la Guarda camina hacia ella y la escolta para que se siente junto a él—. Cuéntenos, ¿cómo pasó?

—Es una historia larga —empieza a decir Estrella de Plata cuando es interrumpida por el sonido de cámaras de televisión que se quiebran y gente gritando.

—Cobarde —grita El Ángel Caído mientras sale de atrás—. No te estás retirando porque te casaste, te estás retirando porque eres demasiado cobarde para enfrentarme en el ring.

—No te toca todavía —explica Lalo—. Tu segmento es más tarde en el programa.

—No me importa —gruñe El Ángel Caído—. Toda mi vida he esperado la oportunidad para demostrarle a todos que soy más grande, mejor y más fuerte que tú, Ángel de la Guarda. No me negarás esa oportunidad. Te vas a enfrentar a mí en el ring como hombre. ¡No te escondas como un cobarde!

—Ya se retiró —dice Estrella de Plata acercándose a la cara del Ángel Caído—. Ya no es luchador.

"Hiding behind your woman are we now, Guardian Angel? Is that what you've sunk to—letting your little wife here fight your battles?"

"Little wife?" Silver Star is visibly offended: she slaps the Fallen Angel across his masked face. He in turn pushes Silver Star down to the floor. This sends the Guardian Angel into a rage. He leaps at the Fallen Angel knocking him down to the ground. As the two men tussle back and forth, the Fallen Angel bumps into Silver Star and knocks her off the stage.

"My love," yells the Guardian Angel, rushing to his bride's side. Taking advantage of the Guardian Angel's preoccupation with Silver Star, the Fallen Angel grabs a chair and smashes it over the mighty hero's head. The Guardian Angel collapses down to the floor. The Fallen Angel stands over the prone figure of the Guardian Angel. He then does the unthinkable. He picks the Guardian Angel off the floor and lifts him up into the air. The Fallen Angel is about to execute the Hand of God on the Guardian Angel himself!

WHAMMM!

The impact of the Guardian Angel hitting the studio floor echoes from our television set.

"I will crush you!" proclaims the Fallen Angel in a bestial growl. "I will end the legend of the Guardian Angel!" Security arrives and manages to handcuff the Fallen Angel, but he snaps the handcuffs. The security officers finally manage to force the Fallen Angel to leave, but not before he has left the television studio in shambles.

★ —¿Ahora resulta que te escondes detrás de tu mujer, Ángel de la Guarda? ¿Hasta ahí has caído…dejas que tu esposita pelee tus batallas?

—¿Esposita? —Estrella de Plata está ofendida. Le da una bofetada al Ángel Caído a través de la máscara. Él la empuja y la tira al suelo. Esto hace que se enfurezca El Ángel de la Guarda. Salta encima del Ángel Caído tumbándolo al suelo. Mientras los dos hombres forcejean de arriba a abajo, El Ángel Caído choca con Estrella de Plata y la saca del escenario.

—Mi amor —grita El Ángel de la Guarda, corriendo hacia su esposa. Tomando ventaja por la preocupación del Ángel de la Guarda por Estrella de Plata, El Ángel Caído toma una silla y la azota encima de la cabeza del héroe. El Ángel de la Guarda se colapsa sobre el piso. El Ángel Caído se para sobre El Ángel de la Guarda bocabajo. Hace lo impensable. Levanta al Ángel de la Guarda y lo eleva en el aire. ¡El Ángel Caído está a punto de ejecutar la Mano de Dios sobre el mismísimo Ángel de la Guarda!

¡WAMMM!

El impacto del Ángel de la Guarda al golpear el piso de los estudios causa un eco que llega hasta nuestra televisión.

—¡Te aplastaré! —proclama El Ángel Caído con un gruñido bestial—. ¡Acabaré con la leyenda del Ángel de la Guarda!

Llegan los agentes de seguridad y logran esposar al Ángel Caído, pero él rompe las esposas. Ellos finalmente logran obligarlo a que se salga, pero no sin antes haber dejado un desastre en el estudio de televisión.

Groggily the Guardian Angel rises back up to his feet. After checking on Silver Star, he asks Lalo for a working mic.

"I want him," he cries out into the mic. His voice is filled with rage. "I want the Fallen Angel of Catemaco in the ring."

"But you're retired!" says Silver Star.

"One more match," he growls. "I want one more match, and I want it to be against the Fallen Angel of Catemaco!" On those words, the end credits for *Lucha Azteca* begin to roll. A silence fills the room. Even Lalo who was there for the taping of the show is silent. Mama Braulia is still clasping her hand over her mouth. Rita is in tears and Papa Ventura is speechless. That segment was brutal. It was both amazing, and pure chaos. Little Robert breaks the silence by proclaiming the obvious.

"The Guardian Angel versus the Fallen Angel is going to be huge!"

El Ángel de la Guarda se levanta con dificultad. Después de ver que Estrella de Plata está bien, le pide a Lalo un micrófono.

—-Lo quiero —grita en el micrófono. Su voz llena de furia—. Quiero al Ángel Caído de Catemaco sobre el ring.

—¡Pero ya te retiraste! —dice Estrella de Plata.

—Un encuentro más —gruñe—. ¡Quiero un encuentro más y quiero que sea contra El Ángel Caído de Catemaco!

Y con esas palabras los créditos de *Lucha Azteca* empiezan a pasar. El cuarto se llena de silencio. Hasta Lalo, que estuvo ahí durante el rodaje, está callado. Mamá Braulia tiene las manos sobre la boca. Rita está llorando y Papá Ventura se queda sin palabras. Ese segmento fue brutal. Fue a la vez grandioso y puro caos. Robertito rompe el silencio proclamando lo que es obvio:

—¡El Ángel de la Guarda contra El Ángel Caído será enorme!

13
I CALL THIS MEETING TO ORDER
★ ★ ★ ★ ★ ★ ★
DOY INICIO A LA SESIÓN

"As the official chairperson of the Lucha Libre Club, I call this meeting to order," declares Paloma as we get the meeting underway in my room.

"When exactly did we re-elect Paloma as our leader?" asks Gus. He's attending the meeting via Skype.

"A ballot was emailed asking for any other nominations," says Paloma. "The fact that some of you never bothered to reply isn't my fault. I won by three votes."

"But the only people who voted were you, Max and Spooky."

"Low voter turnout isn't my fault."

★ ★ ★ ★ ★ ★ ★ ★ ★ ★ ★ ★ ★

—Como presidente oficial del Club de Lucha Libre, doy inicio a la sesión —dice Paloma cuando empezamos con la reunión en mi cuarto.

—¿Cuándo reelegimos a Paloma como nuestra líder? —pregunta Gus. Él asiste a la reunión vía Skype.

—Se envió por correo electrónico una lista de nominaciones —dice Paloma—. Yo no tengo la culpa si varios de ustedes nunca respondieron. Gané por tres votos.

—Pero solo votaron tú, Max y Spooky.

—No es mi culpa la baja concurrencia de votantes.

"Barely re-elected to office and already you're becoming a tyrant," declares Gus with a flirtatious grin that reveals the canine-like teeth he inherited from his grandfather.

"Save your flirting for girls that are actually dumb enough to fall for your charms, Gus," says Paloma.

"You wish," says Gus. "Alas, my heart belongs to another. Speaking of my heart belonging to another, how is your sister doing, Max?"

"Don't go there," I warn Gus. Friend or not, I am not thrilled with the fact that Gus has been trying to flirt with my sister every chance he gets.

"I'm just asking," says Gus. "No need to go all macho on me."

"I'm not going all macho."

"You kind of are," says Paloma, smiling. "The great and mighty Max protecting his sister from the skirt-chasing grandson of Vampiro Velasquez. It's kind of sweet, if you ask me."

"Stop it," I tell her. "Besides, my sister Rita is two years older than Gus."

"More like fourteen months," declares Gus, quickly correcting me. "Besides, I like older ladies."

"Are we doing this meeting or not?" We hear Carlitos' voice as his face materializes on a split screen next to Gus' big teasing smile. Carlitos is the nephew of King Jaguar. "David and I don't have all day. We're in different time zones, remember?"

—Apenas te reeligieron y ya te estás volviendo una dictadora —dijo Gus con una mueca coqueta que revela los dientes caninos que heredó de su abuelo.

—Guárdate el coqueteo para las chicas que son tan bobas como para creer en tus encantos, Gus —dice Paloma.

—Ya quisieras —dice Gus—. Mi corazón le pertenece a otra. Y hablando de mi corazón que le pertenece a otra, ¿cómo está tu hermana, Max?

—No empieces —le advierto a Gus. Aunque sea mi amigo, no me encanta la idea de que intente coquetear con mi hermana cada vez que la mira.

—Solo es una pregunta —dice Gus—. No es necesario que te hagas el macho.

—No me hago el macho.

—Un poquito sí —dice Paloma, sonriendo—. El grandioso Max protegiendo a su hermana del mujeriego nieto del Vampiro Velásquez. Hasta me parece dulce de tu parte, la verdad.

—Ya para —le digo—. Además, mi hermana Rita es dos años mayor que Gus.

—Catorce meses para ser exactos —dice Gus, corrigiéndome—. Pero a mí me gustan mayores.

—¿Va a empezar la reunión o no? —escuchamos la voz de Carlitos mientras que su cara se materializa junto a la sonrisa burlona de Gus en la pantalla. Carlitos es sobrino del Rey Jaguar—. David y yo no tenemos todo el día. Estamos en distintas zona de hora, ¿se acuerdan?

"Hi, guys," says David. He's hanging out with Carlitos. He's the nephew of the Aztec Mummy. By the Aztec Mummy I mean the luchador, not the fiend in the Guardian Angel's upcoming film. Tio Rodolfo promised to take us all to the premiere a year from now.

"Fine," says Paloma, "let's get started."

"Where's Spooky and Rene?" asks Gus.

"Spooky said she couldn't join us for the meeting," says Paloma. "But that she will be there to see the Guardian Angel take on the Fallen Angel. Her dad is wrestling in the undercard against the Mayan Prince."

"That's going to be a good match," comments David.

"And what about Rene?" I ask.

"Rene unfortunately is questionable," says Paloma. "His grade in math wasn't all that hot, hence he is having to go to summer school. His dad—the Masked Librarian—says he can't go unless he passes the class."

"Bummer," says Gus.

"He'll be taking a test soon," says Paloma. "If he can get a high enough grade, he should be okay."

"Will his dad take him if he passes?" asks Gus.

"That's the deal he made with his dad," I tell him. I see Gus take out his cell and and text, probably telling Rene he better be hitting those math books hard.

"Okay, can we now talk about the elephant in the room?" asks Gus. "What about Hiro? He's still pretty sore about the fact that Max beat him back at the Lethal Lottery."

—Hola, chicos —dice David. Él está con Carlitos. Es el sobrino de la Momia Azteca. Y con Momia Azteca me refiero al luchador, no al demonio que aparece en la película del Ángel de la Guarda. El tío Rodolfo ha prometido que nos llevará a todos al estreno dentro de un año.

—Está bien —dice Paloma—, vamos a empezar.

—Spooky dijo que no podía venir a la reunión —dice Paloma—. Pero que estará ahí cuando El Ángel de la Guarda se enfrente al Ángel Caído. Su papá luchará en la misma cartelera contra el Príncipe Maya.

—Va a ser una buena lucha —comenta David.

—¿Y qué pasa con René? —pregunto.

—La presencia de René es cuestionable —dice Paloma. No le fue bien en matemáticas y tuvo que ir a clases de verano. Su papá, el Bibliotecario Enmascarado, dice que no puede ir hasta que pase la materia.

—Lástima —dice Gus.

—Pronto tendrá su examen —dice Paloma—. Si se saca buena calificación, no habrá problema.

—¿Lo llevará su papá si pasa la materia? —pregunta Gus.

—Ese es el trato que hizo con su papá —le digo—. Veo que Gus saca su cel y envía un mensaje de texto, probablemente diciéndole a David que le entre duro a los libros.

—Bien, ¿ya podemos hablar del elefante en el cuarto? —pregunta Gus—. ¿Qué pasa con Hiro? Todavía está ardido porque Max le ganó durante la Lotería Letal.

"Hiro hasn't responded to any of the emails any of us have sent him," says Paloma.

"So…is he still a member?"

"He is," I tell them. "Till he tells us otherwise, he is still a member of the Lucha Libre Club." Truth be told, I don't want to give up on Hiro. Sure we had our problems back in Los Angeles, but Hiro, I believe, at his core can be a good guy. I think that he puts too much pressure on himself to live up to his legendary grandfather the Great Tsunami. As the nephew of the Guardian Angel, I can certainly understand the pressure that comes with being a descendent of lucha libre royalty. Plus Hiro's negativity towards me, I know, has more to do with him still being in love with my girlfriend Paloma.

"Fine," says Paloma. "Hiro is in till he tells us otherwise."

"So it's agreed then?" I ask. "We are all going to see the Guardian Angel take on the Fallen Angel."

"You know it," says Gus.

"Is there anything else left for us to discuss?" asks Paloma.

"Yes there is," declares Little Robert bursting into my room interrupting our meeting.

"Hey, kid, get out of my room!"

"No! I want to join the Lucha Libre Club too!"

"You can't."

"Why not? I'm as qualified as you are. The Guardian Angel is my uncle too, you know. So is El Toro Grande. I'm lucha libre royalty too."

—Hiro no ha contestado a ninguno de los correos que le hemos enviado —dice Paloma.

—Entonces, ¿qué?... ¿Todavía es miembro?

—Sí lo es —le digo—. Hasta que nos diga lo contrario, todavía es miembro del Club de Lucha Libre.

La verdad, no me quiero rendir con Hiro. Es cierto que tuvimos problemas en Los Ángeles; pero creo que por dentro, Hiro es una buena persona. Creo que se esfuerza demasiado por estar a la altura de su abuelo, el Gran Tsunami. Como sobrino del Ángel de la Guarda, puedo entender las presiones de ser descendiente de la realeza de la lucha libre. Aparte, mucha de la negatividad de Hiro en contra mía tiene que ver con el hecho de que todavía está enamorado de mi novia Paloma.

—Bien —dice Paloma—. Hiro está en el club hasta que nos diga lo contrario.

—¿Entonces estamos de acuerdo? —pregunto—. Todos vamos a ver al Ángel de la Guarda enfrentarse al Ángel Caído?

—Por supuesto —dice Gus.

—¿Nos queda alguna otra cosa que discutir? —pregunta Paloma.

—Sí la hay —anuncia Robertito, entrando a mi cuarto e interrumpiendo la reunión.

—¡Hey, niño, sal de mi cuarto!

—¡No! Yo también quiero formar parte del Club de Lucha Libre.

—No puedes.

—¿Por qué no? Estoy tan calificado como tú. Sabes que El Ángel de la Guarda también es mi tío. Y El Toro Grande. También soy parte de la realeza de la luche libre.

"He has a point, Max," says Paloma.

"But he's too little."

"He's as tall as you are, Max," points out Gus.

"I'm talking about his age."

"The Lucha Libre Club never established an age limit, Max," says Paloma.

"He doesn't even know anything about lucha libre."

"I do too! I know a lot about lucha libre."

"How about a test?" suggests Gus "Let's ask Little Robert ten really hard lucha libre questions. If he answers them correctly, then I say we put his membership up for a vote."

"Sounds good," says Paloma. "What do you say, Little Robert? Are you up for the challenge?"

"Bring it on," declares Little Robert. "I know LOTS of lucha libre stuff. And I will prove it!"

—Tiene razón, Max —dice Paloma.

—Pero es muy chico.

—Es tan alto como tú, Max —señala Gus.

—Me refiero a su edad.

—El Club de Lucha Libre jamás estableció una edad mínima —
dice Paloma.

—Ni siquiera sabe nada sobre la lucha libre.

—Sí sé. Sé mucho sobre la lucha libre.

—¿Qué tal si le hacemos un examen? —sugiere Gus. Vamos a
preguntarle a Robertito diez preguntas de lucha libre bien difíciles.
Si las contesta correctamente, entonces sugiero que votemos por su
membresía.

—Me parece bien —dice Paloma—. ¿Qué dices, Robertito? ¿Le
entras al desafío?

—Viene —responde Robertito—. Yo sé muchas cosas de lucha
libre, ¡y se los voy a demostrar!

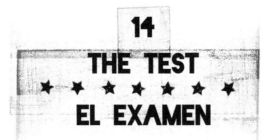

14
THE TEST
★ ★ ★ ★ ★ ★ ★
EL EXAMEN

"What is the Guardian Angel's finishing maneuver called?" I ask Little Robert, certain that he won't know the answer.

"The Hand of God." Lucky guess.

"Who did La Dama Enmascarada wrestle in her first match?" asks Paloma.

"The Black Widow."

"Where did the match take place, please?" she adds.

"La Arena Coliseo in Monterrey."

"Impressive," comments Paloma.

—¿Cómo se llama la maniobra final del Ángel de la Guarda? —le pregunto a Robertito, seguro de que no sabrá la respuesta.

—La Mano de Dios —Pura suerte.

—¿Contra quién luchó su primer encuentro La Dama Enmascarada? —pregunta Paloma.

—La Viuda Negra.

—¿Dónde se llevó a cabo el encuentro? —agrega.

—La Arena Coliseo en Monterrey.

—Impresionante —comenta Paloma.

"Ask him who was King Puma's first tag team partner," says Carlitos via Skype.

"The Mighty Jaguar," answers Little Robert without hesitation.

"Ask him who the Guardian Angel beat for his first world title," adds Gus also via Skype.

"Vampiro Velasquez," says Little Robert. I can't believe it. Little Robert is on a roll.

"Who beat the Guardian Angel for the title?" I ask him.

"Also Vampiro Velasquez," says Little Robert.

"And how many times did the title change hands between the two of them?"

"Five times," says Little Robert. "Over a period of twenty-four months, the Guardian Angel and Vampire Velasquez traded the title back and forth five times."

How does Little Robert know all these lucha libre facts? Prior to deciding that he too wanted to be the Guardian Angel, he had never shown any real interest in anything, let alone lucha libre.

"Their last and best match took place in Mexico City, and ended with the Guardian Angel leaping off a fifteen-foot cage on to the prone figure of Vampiro Velasquez."

"How many times has the Guardian Angel been a tag team champion?" asks David.

"Four times."

"Who were his partners?"

—Pregúntale quién fue la primera pareja de relevos del Rey Puma —dice Carlitos vía Skype.

—El Poderoso Jaguar —responde Robertito sin pensarlo.

—Pregúntale a quién le ganó El Ángel de la Guarda para obtener su primer título —agrega Gus también vía Skype.

—Al Vampiro Velásquez —dice Robertito. No lo puedo creer. No le falla ninguna.

—¿Quién le ganó al Ángel de la Guarda para quitarle el título?

—También el Vampiro Velásquez —dice Robertito.

—¿Cuántas veces cambió de manos el título entre ellos?

—Cinco veces —dice Robertito—. En un periodo de veinticuatro meses, El Ángel de la Guarda y el Vampiro Velásquez intercambiaron el título cinco veces.

¿Cómo sabe Robertito toda esta información sobre lucha libre? Antes de decir que también quería ser El Ángel de la Guarda, no había mostrado el menor interés por nada, mucho menos por la lucha libre.

—Su último y mejor encuentro se llevó a cabo en la Ciudad de México, y terminó con El Ángel de la Guarda brincando de una jaula de quince pies de altura encima del Vampiro Velásquez.

—¿Cuántas veces El Ángel de la Guarda ha sido campeón de parejas? —pregunta David.

—Cuatro veces.

—¿Quiénes fueron sus parejas?

"The first time it was with the original White Angel. The second time was with the Wrestling Priest. The third time was with our very own Tio Lalo, El Toro Grande. The fourth time was with Vampiro Velasquez II, before losing the title back to Apocalypse and Armageddon six months later."

"Here comes question number nine," says David via Skype. "In what Guardian Angel movie did the Japanese wrestling legend the Great Tsunami guest star?"

"In *The Guardian Angel versus the Fury of the Shadow Ninjas*," declares Little Robert with a grin. "That's one of my personal favorites."

Little Robert is full of surprises today, but I have one question that I know he won't know.

"Who was the first Mexican wrestler to wear a mask?" Little Robert hesitates. "You don't know, do you?"

"It's a trick question," says Little Robert. "You are trying to trick me, Max. You expect me to say that it was the Masked Marvel. But that would be wrong because while the Masked Marvel was the first person to wear a mask in lucha libre, he wasn't Mexican. He was an American wrestling in Mexico. The first Mexican to wear a mask was Vampiro Velasquez's dad who wrestled as El Murcielago Negro, the Black Bat."

Wow, I can't believe he knew that. What's going on here? When did Little Robert become a walking lucha libre encyclopedia?

"I'm convinced Little Robert is qualified to be in the club," says David via Skype.

—La primera vez fue El Ángel Blanco. La segunda vez fue el Sacerdote Luchador. La tercera vez fue nuestro tío Lalo como el Toro Grande. La cuarta vez fue el Vampiro Velásquez II, después de perder el título nuevamente contra Apocalipsis y Armagedón, seis meses después.

—Y aquí viene la pregunta número nueve —dice David vía Skype—. ¿En qué película del Ángel de la Guarda salió el legendario luchador Japonés el Gran Tsunami?

—En El Ángel de la Guarda contra la furia de los Shadow Ninjas —responde Robertito con una sonrisa—. Es una de mis favoritas.

Hoy Robertito está lleno de sorpresas, pero tengo una pregunta que estoy seguro que no sabrá.

—¿Quién fue el primer luchador mexicano que usó una máscara? —Robertito titubea—. No sabes, ¿verdad?

—Es una pregunta tramposa —dice Robertito—. Estás tratando de engañarme, Max. Esperas que te diga que es el Masked Marvel. Pero eso sería un error porque, mientras el Masked Marvel fue el primero en usar una máscara, no era mexicano. El primer mexicano que usó una máscara fue el papá del Vampiro Velásquez, quien luchó como el Murciélago Negro.

Guau, no puedo creer que sepa la respuesta. ¿Qué está pasando? ¿Desde cuándo Robertito se volvió una enciclopedia de la lucha libre?

—Estoy convencido de que Robertito está calificado para pertenecer al club —dice David vía Skype.

"I want to talk to my brother in private before we vote," I tell them. I gesture for him to join me in a corner of the room.

"How do you know so much about lucha libre, Little Robert?"

"I learned it from you, Max."

"From me? But you never seemed interested in any of my lucha libre stories before."

"I was always interested, Max. I like lucha libre as much as you do."

"Why didn't you ever tell me?"

"Because I was too busy listening."

"You were?"

"I am always listening, Max. I know people think that I'm just a dumb kid who likes to eat a lot. But I'm also a kid who likes to listen. I was listening when Vampire Velasquez and Tio Rodolfo were teaching you to how to wrestle. Mom doesn't know it, but when we were in Mexico, I would sneak out and see you practicing with Gus. When I saw you both wrestling in that ring, I knew I wanted to be a luchador too."

"I never saw you there."

"Nobody ever sees me! I'm as good at hiding as I am at listening. After you all would leave, I would go and practice in the ring doing all the moves that you and Gus had been doing." I'm seeing my little brother Robert in a whole new light right now. I used to think that we were nothing alike, but it would seem that I was mistaken.

"Hey, are we ready for a vote?" asks Paloma. "Can I call for a nomination?"

—Quiero hablar con mi hermano en privado antes de votar —les digo. Señalo para que me siga a una esquina del cuarto.

—¿Cómo sabes tantas cosas de lucha libre, Robertito?

—Lo aprendí de ti, Max.

—¿De mí? Pero nunca me pareció que te interesaran las historias de lucha libre.

—Siempre me interesaron. Me gusta la lucha libre tanto como a ti.

—¿Por qué nunca me dijiste?

—Porque estaba muy ocupado, escuchándote.

—¿De veras?

—Siempre estoy escuchando, Max. Ya sé que la gente piensa que soy un niño tonto a quien le gusta comer mucho. Pero también soy un niño al que le gusta escuchar. Estaba escuchando cuando el Vampiro Velásquez y mi tío Rodolfo te estaban enseñando a luchar. Mamá no sabe pero, cuando estábamos en México, me salía a escondidas y veía cuando entrenaban con Gus. Cuando los vi luchando en ese ring, supe que también quería ser luchador.

—Nunca te vi.

—¡Nadie me ve nunca! Soy tan bueno para esconderme como para escuchar. Después que todos ustedes se iban, me subía al ring para ensayar todos los movimientos que practicaban tú y Gus.

Ahora veo a mi hermano Robertito de otra manera. Pensaba que no éramos nada parecidos, pero es obvio que yo estaba en un error.

—Hey, ¿ya podemos votar? —pregunta Paloma—. ¿Puedo llamar a voto?

"I'll do it," I tell Paloma. "It should be me that does it. I do hereby nominate my brother Little Robert for membership in the Lucha Libre Club." I announce it loudly and proudly. The vote to make Little Robert a member of the Lucha Libre Club is unanimous.

"Welcome to the club, Little Robert," says Paloma.

"You're one of us now," says Gus via Skype.

"My dad just sent me a text message," says Paloma. "He's waiting for me outside so we best wrap this up." We adjourn the meeting and the rest of the guys sign off.

"See you later, guys," says Paloma before giving me a kiss goodbye. "And once again, welcome to the club, Little Robert," she adds giving him a kiss on the cheek. As we watch her leave, Little Robert whispers to me.

"There's something else I haven't told you, Max. Remember how I told you that after you and Gus finished practicing in the ring, I would go and try to do the same moves you all had been doing?"

"Yes."

"I think Vampiro Velasquez saw me doing them."

"Are you sure?"

"I think so," says Little Robert. He's smiling big. "Do you think he was impressed? Do you think that's why when we were in Mexico he told me to get in the ring and show him what I could do?"

—Yo lo haré —le digo a Paloma—. Yo soy quien debería hacerlo. Nomino a mi hermano Robertito como miembro del Club de Lucha Libre.

Lo anuncio fuerte y con orgullo. La votación para que Robertito sea miembro del Club de Lucha Libre es unánime.

—Bienvenido al Club, Robertito —dice Paloma.

—Eres uno de nosotros —dice Gus vía Skype.

—Mi papá me acaba de mandar un texto —dice Paloma—. Me está esperando afuera, así que lo mejor es terminar ya.

Cerramos la reunión y todos los demás se desconectan.

—Ahí nos vemos, chicos —dice Paloma antes de darme un beso de despedida—. Y una vez más, bienvenido al club, Robertito —agrega, dándole un beso en la mejilla. Mientras la veo irse, Robertito me susurra:

—Hay algo más que no te he dicho, Max. ¿Recuerdas cuando te dije que después de que tú y Gus terminaban de entrenar, iba y practicaba los mismos movimientos que ustedes hicieron?

—Sí.

—Creo que el Vampiro Velásquez me miró haciéndolo.

—¿Estás seguro?

—Creo que sí —dice Robertito. Tiene una enorme sonrisa—. ¿Crees que lo impresioné? ¿Crees que por eso, cuando estábamos en México, me pidió que le mostrara lo que podía hacer?

15

UP, UP AND AWAY...
TODOS A VOLAR

"I hate flying," says Mama Braulia.

"It's a private plane," says Papa Ventura.

"It's still a plane."

"It's your uncle's private plane."

"Rodolfo's plane or not, it can still fall out of the sky."

"This plane is not going to fall out of the sky," says Papa Ventura.

"You don't know that."

"Do you really think your own uncle would put us in a plane that had any chance of malfunctioning and falling out of the sky?" asks Papa Ventura.

—Odio volar —dice Mamá Braulia.

—Es un avión privado —dice Papá Ventura.

—Sigue siendo un avión.

—Es el avión privado de tu tío.

—Aunque sea el avión de Rodolfo, se puede caer del cielo.

—Este avión no se va a caer del cielo —dice Papá Ventura.

—¿Y cómo sabes?

—¿De veras crees que tu propio tío nos subiría a un avión que podría descomponerse y caerse del cielo? —pregunta Papá Ventura.

Mama Braulia pauses for a moment as if pondering the question.

"I did call him a masked clown once," she answers. "Albeit a very highly paid one."

"Go to sleep," says Papa Ventura. "When you wake up in a few hours we will have arrived in Mexico."

"Do they have food on the plane?" asks Little Robert.

"There's a menu in front of you, Little Robert," says Rita. "Tio Rodolfo said that if we got hungry just to push the button in front of our seat and order."

"I'm sure plane food is terrible," declares Mama Braulia. "It probably costs an arm and a leg too."

"Tio said the food is free," says Rita.

"It's not right to take advantage of your uncle Rodolfo's generosity," says Mama Braulia.

"But he told us we could order food," repeats Rita.

"He's married now," says Mama Braulia. "Maybe Maya doesn't like him throwing so much money around."

"Tia Maya was there when he said it," repeats Rita. "She also told us that we could." An impatient Little Robert suddenly pushes the button in front of his seat.

"I want a triple meat hamburger with cheese please," he says into the speaker.

"Be right out," says a crackling voice followed by static from the speaker.

"Will you have sodas and fries too?"

152

Mamá Braulia hace una pausa, como si pensara qué contestar.

—Lo llamé payaso enmascarado una vez —responde—, aunque uno muy bien pagado.

—Duérmete —dice Papá Ventura—. Cuando despiertes en unas horas ya habremos llegado a México.

—¿Tienen comida en el avión? —pregunta Robertito.

—Hay un menú frente de ti, Robertito —dice Rita. Mi tío Rodolfo nos dijo que si nos daba hambre que solo apretáramos el botón adelante del asiento y ordenáramos.

—De seguro la comida del avión es horrible —dice Mamá Braulia—. Y probablemente es bien cara.

—Mi tío dijo que la comida era gratis —dice Rita.

—No está bien que nos aprovechemos de la generosidad de tu tío Rodolfo —dice Mamá Braulia.

—Pero nos dijo que podíamos ordenar comida —repite Rita.

—Ahora está casado —dice Mamá Braulia—. Quizás a Maya no le gusta que esté tirando su dinero.

—Mi tía Maya estaba ahí cuando lo dijo —dice Rita—. También ella nos dijo que podíamos comer.

El impaciente Robertito de pronto presiona el botón que está enfrente del asiento.

—Quiero una hamburguesa triple con queso, por favor —dice en el altavoz.

—Es un momento se la llevamos —dice una voz seguida de estática.

—¿Quiere sodas y papas también?

"Yes, I will."

"Would you like them added to your order?"

"Yes, please," says Little Robert. He turns to see Mom giving him that infamous Mama Braulia death stare.

"I said *please*," replies Little Robert, shrugging his shoulders. Papa Ventura pushes the button and orders burgers, fries and drinks for everybody.

"Not for me," declares Mama Braulia, her infamous stern-face-and-tight-lip-look clearly on display for us to see.

"Why is Mom being such a grouch?" I whisper to Rita after we finish eating.

"You know how much she hates flying. It makes her nervous, and when she gets nervous she takes it out on us." That's very true. "Will your friends be there to see Tio Rodolfo wrestle?"

"Absolutely," I tell her. "We wouldn't be a true Lucha Libre Club if we didn't all show up."

"Will your friend Gus be there?"

"Sure. Why are you asking?" *Why indeed?*

"No reason," she tells me before closing her eyes and reclining her chair back to get some rest. "He's very funny," she whispers to me before going to sleep.

Funny? There is something about the way she says the word funny that gives me pause. Don't tell me that all of that flirting by Gus is actually working? *C'mon sister, you're smarter than that.*

154

—Sí.

—¿Las agregamos a su orden?

—Sí, por favor —dice Robertito. Voltea a ver que Mamá Braulia lo ve con su infame mirada de la muerte.

—Dije *por favor* —aclara Robertito, encogiéndose de hombros. Papá Ventura presiona el botón y ordena hamburguesas, papas y bebidas para todos.

—Para mí no —aclara Mamá Braulia, su infame cara dura y labios apretados a la vista de todos.

—¿Por qué mi mamá se comporta como un ogro? —susurra Rita después de que acabamos de comer.

—Ya sabes que no le gusta volar. La pone nerviosa, y cuando se pone nerviosa se desquita con nosotros —lo cual es verdad— ¿Van a estar tus amigos ahí para ver luchar a tu tío Rodolfo?

—Por supuesto —le digo—. No seríamos un verdadero Club de Lucha Libre si no fuéramos todos.

—¿También va a estar ahí tu amigo Gus?

—Sí, ¿por qué preguntas? —*de veras, ¿por qué?*

—Nomás —me dice y después cierra los ojos y se reclina en su asiento para descansar—. Es muy chistoso —susurra antes de dormirse.

¿Chistoso? Hay algo en la forma que dice la palabra chistoso que me hace pensar. ¿No me digas que todo ese coqueteo de Gus está funcionando? *No lo hagas, hermana, tú eres más inteligente.*

Maybe Gus suffers from the same affliction that his grandfather says he suffers from. What did he call it? Je ne se qua? Whatever it is, his grandfather claims it makes him irresistible to all but a few women.

Tio Rodolfo said there is no such thing as je ne se qua, that Vampiro's secret is that he is blessed with the gift of gab. That's the ability to speak with eloquence and fluency. That he tells women what he knows they want to hear.

Everybody in the cabin is asleep at this point, except for Mama Braulia who is saying her rosary so that the Good Lord will keep us afloat while up in the air.

I close my eyes and start to go to sleep, but not before I hear Mama Braulia softly whisper into the speaker: "Is it too late to request a burger with fries?" she asks low enough so that hopefully none of us will hear.

★ Quizás Gus sufre de la misma aflicción que su abuelo dice que sufre. ¿Cómo le llamó? ¿Ye ne se cua? Como lo llame, su abuelo dice que lo vuelve irresistible a la mayoría de las mujeres

Mi tío Rodolfo dijo que no existe ese ye ne se cua, que el secreto del Vampiro es que fue bendecido con el don de la palabra; o sea, su habilidad de hablar con elocuencia y fluidez. Le dice a las mujeres lo que él sabe que quieren oír.

En este momento todos están dormidos en la cabina, excepto Mamá Braulia que está rezando su rosario para que Diosito nos mantenga a flote mientras estamos en el aire.

Cierro los ojos y estoy a punto de dormirme cuando escucho a Mamá Braulia susurrar suavemente en el altavoz: —¿Es muy tarde para ordenar una hamburguesa con papas? —pregunta en voz muy baja para que ninguno de nosotros la escuchemos.

16
SPOOKY'S MESSAGE
EL MENSAJE DE SPOOKY

"It's great to see you, Max," says Spooky as I run into her at the hotel lobby. Even with her face sporting goth makeup, it's obvious that Spooky is a knock-out. She's a far cry from her monster of a father, Dogman Aguayo.

"It's great to see you too," I tell her. "Who else is here?"

"I saw David and Gus out by the pool earlier," she tells me. "Carlitos will be here with his uncle later today."

"Paloma will be here with her dad later today too," I tell her.

"You mean your *girlfriend* Paloma, right?"

—Me da gusto verte, Max —dice Spooky cuando me la encuentro en el lobby del hotel. Hasta con su cara llena de maquillaje gótico, se nota que Spooky es una belleza. Está lejos de ese monstruo que es su papá, El Dogman Aguayo.

—También me da gusto verte —le digo—. ¿Quién más está aquí?

—Más temprano vi a David y Gus cerca de la piscina —me dice—. Carlitos llega con su tío ahora más tarde.

—Paloma llega con su papá ahora más tarde también —le digo.

—Te refieres a tu *novia* Paloma, ¿verdad?

"Right," I tell her. "My *girlfriend* Paloma will be here later today too. So how are things in Los Angeles?"

"Things are good," she tells me. But she gets a worried look on her face that makes me think that maybe things aren't so good.

"You look worried."

"I'm fine," she tells me. "The problem isn't with me."

"Then with who?"

"Can we sit down?" She gestures to one of the sofas in the lobby. "It's about Cecilia Cantu."

"My Cecilia?" The words just blurt out of my mouth before I even realize that I am saying them. Why did I just call her *my* Cecilia? The look on Spooky's face tells me that my choice of words took her by surprise too.

"*Your* Cecilia, Max? Does Paloma know you see Cecilia as being yours?"

"That came out wrong, I didn't mean it like that."

"Well, how did you mean it?" *How did I mean it indeed?* I don't even know why I referred to her as *my* Cecilia. I hope Spooky doesn't tell Paloma what I just said. It isn't like I still have feelings for Cecilia. They were just words that came out wrong. That's all it was. Just words.

"I meant it as in she's my friend, okay? Like saying *my* Gus." I hope Spooky is buying what I'm saying and doesn't go off and tell Paloma what I said. Furthermore, I hope that's all it was. My Cecilia. I still can't believe I said that.

—Correcto —le digo—. Mi *novia* Paloma llegará hoy más tarde también. ¿Cómo van las cosas en Los Ángeles?

—Las cosas van bien —me dice. Pero tiene una cara preocupada que me hace pensar que tal vez las cosas no vayan tan bien.

—Te ves preocupada.

—Estoy bien —me dice—. El problema no es conmigo.

—Entonces, ¿con quién?

—¿Podemos sentarnos? —señala uno de los sofás en el lobby—. Se trata de Cecilia Cantú.

—¿Mi Cecilia?

Las palabras escapan de mi boca sin darme cuenta que las dije. ¿Por qué la llamé *mi* Cecilia? La expresión en la cara de Spooky me dice que ella también se sorprendió con mis palabras.

—¿*Tu* Cecilia, Max? ¿Sabe Paloma que consideras a Cecilia como tuya?

—Me expresé mal. No era mi intención.

—Bueno, ¿cuál era tu intención?

En efecto, *¿cuál era mi intención?* Ni siquiera sé por qué me referí a ella como mi Cecilia. Espero que Spooky no le diga a Paloma lo que acabo de decir. No es que todavía tenga sentimientos por Cecilia, solo fueron palabras que salieron mal. Solo eso. Palabras.

—Lo dije refiriéndome a mi amiga, ¿está bien? Como *mi* Gus.

Espero que Spooky me crea y no vaya a decirle a Paloma. Yo mismo espero que eso sea todo. Mi Cecilia. Todavía no puedo creer que lo dije.

"Fine." She doesn't seem fully convinced, but is eager to move on. "You remember her friend Mike?" I nod my head. "Well, they kind of became boyfriend and girlfriend." That would explain why Cecilia stopped texting or Snapchatting me.

"You don't kind of become boyfriend and girlfriend. You either are boyfriend and girlfriend or you aren't."

"I'm just trying to spare your feelings, Max."

"There are no feelings to spare. Like I told you, Cecilia and I are in the past. Paloma is my girlfriend now."

"Mike got involved with a pretty rough crowd at school. He's always in trouble. He even got sent to alternative school before the school year was over. Cecilia tried to help him, but he wouldn't listen to her."

"He's obviously bad news. She should just dump him."

"It's not that easy, Max. She really likes him." Those four words catch me off guard. *She really likes him?* What am I feeling right now? Is it jealousy? Am I jealous that Cecilia likes this punk named Mike? Am I angry that she has found someone she possibly likes more than me?

"It doesn't matter how much she likes him. If he's bad news, then she needs to get away from him."

"I'm not so sure that she can, Max."

Whatever it is that I am feeling right now, I just can't hold it in anymore.

—Está bien —no parece del todo convencida pero quiere seguir con la plática—. ¿Te acuerdas de su amigo Mike? —afirmo con la cabeza—. Bueno, pues como que se hicieron novios.

Esa debe ser la explicación de por qué Cecilia dejó de mensajearme o mandarme Snapchats.

—¿Cómo que "como que se hicieron novios"? Son novios o no lo son.

—No quiero que te sientas mal, Max.

—No tengo por qué sentirme mal. Como te dije, lo mío con Cecilia está en el pasado. Ahora Paloma es mi novia.

—Mike se involucró con un grupo de chicos rudos en la escuela. Siempre anda en problemas. Hasta lo enviaron a una escuela alternativa antes de que terminara el año escolar. Cecilia trató de ayudarlo. Pero él no quiso escucharla.

—Obviamente no es bueno para ella. Debería romper con él.

—No es tan fácil, Max. De veras le gusta —esas cuatro palabras me agarran desprevenido. *¿De veras le gusta?* ¿Qué estoy sintiendo ahora? ¿Celos? ¿Tengo celos porque a Cecilia le gusta este tipo llamado Mike? ¿Acaso estoy enojado porque encontró a alguien que posiblemente le gusta más que yo?

—No importa lo mucho que le gusta. Si es malo, entonces necesita separarse de él.

—No estoy segura que pueda hacerlo, Max.

Lo que sea que estoy sintiendo ahora, no puedo detenerlo.

"Then she's being stupid," I tell her coldly. I am surprised at the harshness of my words. Spooky is too, I can tell. But what else does she expect me to say or do? Does she expect me to put on my Guardian Angel mask and fly over to Los Angeles and save the day? I'm just a kid. I'm not even old enough to become the new Guardian Angel yet. Besides, Cecilia isn't my problem. But then why do I feel like I should do something to help her?

"Look who's here," cries out Gus as he enters the lobby. David and Rene are right behind him. "Rene here is a genuine and bonafide math buttkicker," proclaims Gus. "He pinned that math class' shoulders down to the mat for the one, two, three!"

"You passed, Rene?" asks Spooky.

"I got a C!" Rene proclaims.

"A win is a win," declares Gus. "Be it an A or a lowly C. A win is a win!"

—Entonces es una tonta —le digo con frialdad. Me sorprende la dureza de mis palabras. También Spooky se sorprende, se nota. Pero, ¿qué más espera que yo diga? ¿Acaso espera que me ponga mi máscara de Ángel de la Guarda y vuele a Los Ángeles para salvar el día? Solo soy un chico. Ni siquiera tengo la edad para volverme el nuevo Ángel de la Guarda. Además, Cecilia no es mi problema. Pero entonces, ¿por qué siento que debería hacer algo por ayudarla?

—Mira quién llegó —grita Gus cuando entra al lobby. David y René vienen detrás de él—. Así como lo ven, René es un campeón de las matemáticas —proclama Gus—. Tiró esas clases de matemáticas a la lona ¡para lograr el uno, dos, tres!

—¿Pasaste, René? —pregunta Spooky.

—Me saqué una C —dice René.

—Un triunfo es un triunfo —dice Gus—. Sea una A, o una pobre C. ¡Un triunfo es un triunfo!

17
YOU ALL HAVE A ROLE TO PLAY
★ ★ ★ ★ ★ ★ ★
TODOS TIENEN ALGO QUE HACER

"I call to order this meeting of the Lucha Libre Club," declares Paloma during our meeting at a table in the hotel lobby. "Will our secretary Rene take role call?"

"We're all here," says Gus somewhat annoyed at Paloma's formalities.

"Rules must be followed," insists Paloma.

"I come from a long line of rudos," declares Gus proudly. "We of the Vampiro clan laugh at rules."

—Doy por comenzada esta reunión del Club de Lucha Libre —dice Paloma durante nuestra reunión en una mesa del lobby del hotel—. ¿Podría nuestro secretario René pasar lista?

—Todos estamos aquí —dice Gus, un tanto molesto por la formalidad de Paloma.

—Se deben seguir las reglas —insiste Paloma.

—Vengo de una larga línea de rudos —dice Gus con orgullo—. Nosotros, los del clan Vampiro, nos reímos de las reglas.

"I was told there would be cookies and punch at the meeting," says Little Robert. I elbow him in the ribs and tell him to pipe down.

"We'll eat later," I whisper to him.

"Paloma told me there would be cookies and punch."

"Those come after the meeting," I tell him.

"But I'm hungry now."

"Somebody give that boy a cookie," says Gus.

"And punch," Little Robert adds quickly.

"Cookies and punch does sound good," says Rene.

"Cookies and punch are for *after* the meeting," declares Paloma who is visibly upset that things seems to be spiraling out of her control. She gives Little Robert a death stare worthy of Mama Braulia herself.

"I can wait." Little Robert sits down, his head hanging. The near-insurrection averted, Paloma once again tries to get down to the matter at hand.

"As you all know, tomorrow will potentially be the Guardian Angel's last match."

"That's why we're here," says Gus yawning sarcastically.

"True," says Paloma. "But what you don't know—Gus!—is that we ourselves—the Lucha Libre Club—have a role to play."

"A role to play?" asks Carlitos. "You mean a role beyond being mere spectators?"

"Absolutely," says Paloma.

Gus looks at me as if I know what's going on. I shrug my shoulders. I don't have any idea what she's talking about.

—Me dijeron que habría ponche y galletas en la reunión —dice Robertito. Le doy un codazo en las costillas y le digo que se calle.

—Comemos después —le digo en voz baja.

—Paloma me dijo que habría galletas y ponche.

—Esos llegan después de la reunión —le digo.

—Pero tengo hambre ahora.

—Que alguien le dé una galleta al niño —dice Gus.

—Y ponche —agrega Robertito rápidamente.

—Galletas y ponche suena bien —dice René.

—Las galletas y el ponche son para *después* de la reunión —anuncia Paloma, quien está molesta porque las cosas parecen estarse saliendo de su control. Le echo a Robertito una mirada de muerte tipo Mamá Braulia.

—Puedo esperar —Robertito se sienta, cabizbajo. Con la casi insurrección evitada, Paloma intenta nuevamente retomar el asunto.

—Mañana, como ustedes saben, será posiblemente la última lucha del Ángel de la Guarda.

—Por eso estamos aquí —dice Gus bostezando sarcásticamente.

—Es verdad —dice Paloma—. Pero lo que no sabes, Gus, es que nosotros, el Club de Lucha Libre, tenemos una actividad que realizar.

—¿Una actividad? —pregunta Carlitos—. O sea, ¿una actividad más allá de ser espectadores?

—Exactamente —dice Paloma.

Gus me mira esperando que yo sepa lo que está pasando. Me encojo de hombros. No tengo idea de lo que ella está hablando.

"These were given to me by Vampiro Velasquez himself," says Paloma. She puts a large cardboard box on the table.

"How come he didn't give it to me?" asks Gus." He's my grandfather."

"Because you are too irresponsible and would have lost it," says Paloma.

"That's true."

"What's in the box?" asks David. Paloma opens up the box and pulls out Silver Guardian Angel masks.

"These are nice," says Rene.

"What are we supposed to do with them?" asks Gus.

"Vampiro Velasquez told me that Lalo wants us all to have these masks with us at ringside," says Paloma. "That he wants us to be ready."

"Be ready for what?" I ask her.

"He just said to be ready, Max," says Paloma. "That Lalo would let us know when to make our move. That's all he said."

"What do you think Lalo has planned?" asks David.

"I have no idea," I tell him. But whatever it is I'm sure it's going to be huge. I can't wait till tomorrow night!

—Me las dio el propio Vampiro Velásquez —dice Paloma. Pone una caja grande de cartón sobre la mesa.

—¿Por qué no me la dio a mí? —pregunta Gus—. Es mi abuelo.

—Porque eres demasiado irresponsable y la habrías perdido —dice Paloma.

—Eso es verdad.

—¿Qué hay en la caja? —pregunta David. Paloma abre la caja y saca máscaras plateadas del Ángel de la Guarda.

—Qué bonitas —dice René.

—¿Qué se supone que tenemos que hacer con ellas? —pregunta Gus.

El Vampiro Velásquez me dijo que Lalo quería que todos las tuviéramos en la primera fila —dice Paloma—. Que quiere que estemos listos.

—¿Listos para qué? —le pregunto.

—Solo dijo que estuviéramos listos, Max —dice Paloma—. Que Lalo sabría cuándo tendríamos que hacer nuestra movida. Eso es todo lo que dijo.

—¿Cuál crees que es el plan de Lalo? —pregunta David.

—No tengo idea —le digo—. Pero lo que sea, estoy seguro que será enorme. ¡Ya no puedo esperar a que llegue mañana en la noche!

18
THE OPENING BOUT
★ ★ ★ ★ ★ ★ ★
LA PRIMERA LUCHA

The opening bout features the tag team of the White Angel Junior and his half-brother Black Shadow, taking on the currently reigning tag team champions Apocalypse and Armageddon.

The battle between the four titans of lucha libre goes back and forth with neither tag team holding an advantage for an extended period of time. The shocking conclusion arrives with the crowning of new tag team champions when the White Angel pins Armageddon with a flying body press!

La primera contienda presenta al dúo del Ángel Blanco Junior y su medio hermano Black Shadow, enfrentándose a los campeones de lucha de relevos Apocalipsis y Armagedón.

La batalla entre los cuatro titanes va y viene sin que ningún equipo tome ventaja por un periodo extendido de tiempo. La sorprendente conclusión llega con el triunfo de un nuevo par de campeones cuando El Ángel Blanco sujeta a Armagedón con una plancha voladora.

In the second bout, the savvy lucha libre veteran known as Dogman Aguayo shocks the wrestling world by using a foreign object to beat the much younger Mayan Prince. Dogman Aguayo's old tag team partner, the Evil Caveman distracts the referee long enough for Dogman Aguayo to reach into his trunks and use a pair of brass knuckles to knock the young Mayan prince out cold. The referee fails to witness the dastardly deed, so he has no choice but to administer the mandatory three count and declare Dogman Aguayo the winner.

Next we see La Dama Enmascarada defend her title against the Diabolical Medusa. It takes all of La Dama Enmascarada's wrestling skills to turn back Medusa's all-out assault. The wrestling match comes to an incredible finish when La Dama Enmascarada forces Medusa to submit to a figure-four leg lock. That epic match is followed by Vampiro Velasquez II making his way down to the ring to take on his former tag team partner King Scorpion. The match seesaws back and forth between the two gladiators until Vampiro Velasquez II manages to catch King Scorpion by surprise and executes the wrestling manuver called the Flying Angel. Vampiro Velasquez II somersaults off the top turnbuckle. Twisting in mid air, he comes crashing down on King Scorpion, pinning him for the three count. The opening bouts done, the ring announcer enters the ring to herald the arrival of the first participant in tonight's main event.

"Making his way down to the ring, standing at six foot, three inches tall and tipping the scales at 255 pounds, I give you: the Fallen Angel of Catemaco!"

★ En el segundo combate, el experimentado veterano conocido como Dogman Aguayo conmociona al mundo de la lucha libre al usar un objeto foráneo para ganarle al joven Príncipe Maya. El antiguo compañero de Dogman Aguayo, El Cavernario Malvado, distrae al réferi para que El Dogman Aguayo saque de su ropa unos nudillos de latón para noquear al joven Maya. El réferi no vio la ruin hazaña, así que no tuvo otra opción más que aplicar la cuenta mandatoria de tres y declarar ganador al Dogman Aguayo.

Luego vemos a La Dama Enmascarada vencer su título contra La Medusa Diabólica. La Dama Enmascarada requiere de todas sus habilidades para detener el ataque de la Medusa. El combate llega a un increíble final cuando La Dama Enmascarada obliga a la Medusa a rendirse con un candado de piernas. Siguiendo ese encuentro épico, El Vampiro Velásquez II camina abriéndose campo hacia el ring para enfrentarse a su antigua pareja de relevos, El Rey Escorpión. El combate se columpia entre uno y otro lado entre los dos gladiadores hasta que El Vampiro Velásquez II logra capturar de sorpresa al Rey Escorpión para ejecutar la maniobra llamada El Ángel Volador. Vampiro Velásquez II da una voltereta desde el tercer tensor. Retorciéndose en el aire, cae chocando contra El Rey Escorpión, sujetándolo para la cuenta de tres. Terminadas las contiendas iniciales, el anunciador sube al ring para proclamar la llegada del primer luchador del evento principal.

—Acercándose al ring, con una estatura de seis pies, tres pulgadas y pesando 255 libras, ¡El Ángel Caído de Catemaco!

The sound of haunting music that can only be described as demonic in nature fills the arena as a single spotlight hits the runway. From behind the curtains emerges the living embodiment of pure evil.

"The Fallen Angel of Catemaco is here," declares the ring announcer. "HE IS HERE!"

Como sonido de entrada, una melodía fantasmagórica, que solo podría describirse como maléfica, inunda la arena mientras una sola luz ilumina el pasillo. Detrás del telón, emerge la encarnación de la maldad pura.

—Aquí está El Ángel Caído de Catemaco —dice el anunciador—. ¡AQUÍ ESTÁ!

19
MAIN EVENT TIME!
★ ★ ★ ★ ★ ★ ★
¡HORA DE LUCHA ESTELAR!

The Fallen Angel stands in the middle of the ring surrounded by the disciples who are hoping to witness the Guardian Angel's demise.

His malevolent eyes zero in on us: the Lucha Libre Club, the descendants of lucha libre royalty. He raises his right hand to his throat and runs his thumb across it, signaling what he promises will be the Guardian Angel's final fate. Covered in black, his costume is a dark replica of that of the Guardian Angel, but that's where the similarities end.

El Ángel Caído está en medio del ring rodeado por los discípulos que esperan ser testigos del final del Ángel de la Guarda.

Su mirada malévola se concentra en nosotros: el Club de Lucha Libre, los descendientes de la realeza de la lucha libre. Se coloca la mano derecha sobre el cuello y lo recorre de un lado a otro con su pulgar, señalando lo que promete será el destino final del Ángel de la Guarda. Cubierto de negro, su disfraz es una réplica oscura del Ángel de la Guarda, pero ahí es donde terminan las similitudes.

While the Guardian Angel seeks to protect the innocent, the Fallen Angel's desire is to crush them under his heel. Where the Guardian Angel is a symbol of light, the Fallen Angel is the darkness that seeks to usurp it.

"The Fallen Angel looks tough, Max," says Paloma. I nod my head. There's no denying that the Fallen Angel is intimidating. The monster that stands in the ring is a far cry from the young man named Rigo who I met at the television studio. Geez, couldn't Tio Rodolfo have picked an easier opponent for his final match? But as Vampiro Velasquez said, the Guardian Angel never does things the easy way.

"I present to you the Fallen Angel of Catemaco," declares the ring announcer. His disciples begin to chant his name, but are soon drowned out by a chorus of boos from the fans.

"Who will dare to stand against a villain such as this?" asks the ring announcer. "Who will have the courage to face this monster?" As if on cue, a single spotlight hits the runway. There, bathed in all his luminescent glory, stands the answer.

"The Guardian Angel is here!" declares the ring announcer.

Against all odds, our hero stands ready to do battle against the gathered forces of darkness. The crowd's cheers are deafening as the legendary hero makes his way down to the ring. The Guardian Angel leaps atop the ring apron and pumps his fist up into the air triumphantly. He turns and stares at the Fallen Angel, waiting for him in the middle of the ring.

Mientras que El Ángel de la Guarda busca proteger a los inocentes, El Ángel Caído desea destruirlos bajo sus pies. Si El Ángel de la Guarda es un símbolo de luz, El Ángel Caído es la oscuridad que desea usurparlo.

—El Ángel Caído se ve duro, Max —dice Paloma. Acierto con la cabeza. Nadie niega que El Ángel Caído es intimidante. El monstruo que aparece en el ring está muy lejos del joven llamado Rigo que conocí en el estudio de televisión. Híjole, ¿no pudo haber escogido un oponente más fácil mi tío Rodolfo para su lucha final? Pero como dice El Vampiro Velásquez, El Ángel de la Guarda nunca hace las cosas más fáciles.

—Les presento al Ángel Caído de Catemaco —dice el anunciador. Sus discípulos empiezan a entonar su nombre, pero el sonido es ahogado por el abucheo de los fanáticos.

—¿Quién se atreve a enfrentarse a este villano? —pregunta el anunciador—. ¿Quién tendrá el valor de enfrentarse a este monstruo? Como si se hubieran puesto de acuerdo, un haz de luz ilumina la pasarela. Ahí, bañado por la iluminación, se encuentra la respuesta.— ¡Aquí está El Ángel de la Guarda! —proclama el anunciador.

En un desafío a las probabilidades, nuestro héroe se encuentra de pie para luchar contra las fuerzas reunidas de la oscuridad. Los vítores de la multitud son ensordecedores cuando nuestro héroe camina hacia el ring. El Ángel de la Guarda brinca encima del ring y levanta el puño en señal de victoria. Gira y mira al Ángel Caído, esperándolo en medio del cuadrilátero.

The Fallen Angel raises both of his muscle-bound arms into the air and brings them crashing down over his right knee as if signaling that he plans to break the Guardian Angel's back.

"I will break you," he screams. But the Guardian Angel is unfazed. He stares defiantly at the Fallen Angel and on cue we all begin to chant his name.

ANGEL! ANGEL! ANGEL!

The masked men meet at the center of the ring and engage in a staredown. As hard as it is to believe, the Fallen Angel actually has a height advantage over the Guardian Angel. The crowd is buzzing with anticipation. This is the moment we've all been waiting for. The ultimate battle of good versus evil is about to begin in what may well be the Guardian Angel's last stand!

El Ángel Caído levanta sus dos brazos musculosos en el aire y los baja hasta chocar contra sus rodillas como si señalara que piensa quebrar la espalda del Ángel de la Guarda.

—Te voy a romper —grita El Ángel Caído. Pero El Ángel de la Guarda no se inmuta. Mira con desafío al Ángel Caído y todos a la vez empezamos a entonar su nombre.

¡ÁNGEL! ¡ÁNGEL! ¡ÁNGEL!

Ambos enmascarados se encuentran en el centro del ring y se retan con la mirada. Aunque sea difícil de creer, El Ángel Caído le lleva estatura de ventaja al Ángel de la Guarda. La multitud está emocionada y llena de expectación. Este es el momento que todos esperamos. La batalla definitiva del bien contra el mal está por empezar, este podría ser el último enfrentamiento del Ángel de la Guarda.

20
THE FIGHT
★ ★ ★ ★ ★ ★ ★
LA LUCHA

The Fallen Angel strikes first, delivering an illegal chokehold to the Guardian Angel. But the Guardian Angel fights back by breaking the hold and delivering two clubbing elbows to the top of the Fallen Angel's head. He whips the Fallen Angel into the ropes, catching him with a flying drop kick that sends the vile villain tumbling out of the ring.

"Go get him, Tio," I cry out. The Guardian Angel presses his attack and leaps over the top rope in the direction of his foe. The Fallen Angel is trying to get back up on his feet. They both crash into the front row seats, sending fans fleeing for their lives.

★ ★ ★ ★ ★ ★ ★ ★ ★ ★ ★ ★ ★

El Ángel Caído es el primero en golpear, propinando un candado ilegal de estrangulamiento al Ángel de la Guarda. Pero este se recupera, deshaciendo el candado y propinando dos codazos en la cabeza del Ángel Caído. Lo lanza contra las cuerdas, deteniéndolo con unas patadas voladoras que lanza al vil villano fuera del ring.

—Ve por él, tío —grito. El Ángel de la Guarda acelera su ataque y brinca sobre las cuerdas en dirección a su enemigo. El Ángel Caído trata de levantarse. Ambos chocan contra la primera fila de sillas, haciendo que los fanáticos corran por sus vidas.

"Way to go, Tio," cries Little Robert. "Hit him harder! Hit him! Hit him!"

The Fallen Angel isn't done yet, however. He delivers a crushing right uppercut to the Guardian Angel's jaw that sends him crumbling down to his knees. The two men trade blows back and forth till the Fallen Angel makes his way back into the ring and distracts the ring official just enough to allow the Guardian Angel to be pummeled by his vile disciples outside the ring. Much weakened, they hurl the Guardian Angel back inside the ring where the Fallen Angel is waiting for him. He rakes the Guardian Angel across the eyes and delivers a series of kicks to his gut that have our hero barely hanging on. He then tosses him outside the ring once again and distracts the ring official so that his disciples can inflict further damage.

"They're cheating!" screams Paloma. She runs up to the guard rail and yells at the ring official: "Turn around!" But the referee is too distracted by the Fallen Angel. We watch as Dogman Aguayo bites the Guardian Angel's ankle, gnawing away at it as if it were a bone. The Medical Assassin is choking him with his stethoscopes. One by one, the evil ruffians are taking turns beating up the Guardian Angel.

Once their blood lust has been satisfied enough, they throw the Guardian Angel back inside the ring where Fallen Angel is waiting for him. The villain is about to deliver a crushing elbow smash to the Guardian Angel's back, but the Guardian Angel evades the blow and delivers an upper cut that floors the Fallen Angel.

Back and forth the battle goes. Who will emerge victorious?

—Muy bien, tío —grita Robertito—. ¡Pégale duro! ¡Pégale! ¡Pégale!

Pero El Ángel Caído no está acabado. Brinda un duro golpe a la quijada del Ángel de la Guarda que lo hace caer de rodillas. Los dos hombres intercambian golpes hasta que El Ángel Caído se sube nuevamente al cuadrilátero y distrae al réferi lo suficiente para que los viles discípulos golpeen al Ángel de la Guarda fuera del ring. Debilitado, lo lanzan adentro, donde El Ángel Caído lo espera. Le rastrilla los ojos al Ángel de la Guarda y le propina una serie de patadas a la panza que nuestro héroe apenas puede resistir. Luego lo lanza fuera del ring una vez más y distrae al réferi para que sus discípulos hagan de las suyas.

—¡Están haciendo trampa! —grita Paloma. Corre hasta la barandilla y le grita al réferi: "¡Voltéese!" Pero el réferi está muy distraído por El Ángel Caído. Vemos cómo El Dogman Aguayo muerde el tobillo del Ángel de la Guarda, royendo como si se tratara de un hueso. El Médico Asesino lo estrangula con un estetoscopio. Uno por uno, los malditos rufianes toman su turno golpeando al Ángel de la Guarda.

Una vez que su codicia sangrienta ha sido colmada, lanzan nuevamente al Ángel de la Guarda sobre el ring donde El Ángel Caído lo está esperando. El villano está a punto de propinarle un codazo en la espalda, pero El Ángel de la Guarda evade el golpe y le golpea con un gancho que tumba al Ángel Caído.

De ida y de vuelta la batalla continúa. ¿Quién será el ganador?

The Guardian Angel catches the Fallen Angel with a clothesline from off the top rope that sends him crashing down to the mat. The Guardian Angel snares the Fallen Angel in a headlock and pumps his fist into the air signaling for the Hand of God. But as he begins to hoist the Fallen Angel up into the air, the disciples rush the ring. Dogman Aguayo head butts the ring official from behind, rendering him unconscious. They pounce on the Guardian Angel and beat him down to the canvas. There's no way even the Guardian Angel can survive such an onslaught. But then, just as all hope seems lost, a spotlight hits the runway. Standing in its light is Silver Star, and she is not alone! Standing with her is the Masked Librarian, La Dama Enmascarada, Vampire Velasquez I and II and...EL TORO GRANDE!

"Look at their masks," screams Paloma. She is beside herself!

"I see them," I tell her. All of them are wearing silver masks with embroidered orange flames, the colors of the Guardian Angel! Together they charge down to the ring to enter the battle between the forces of darkness and light!

A clothesline by the Masked Librarian sends Dogman Aguayo toppling over the top rope. The mother and daughter team of La Dama Enmascarada and Silver Star double team Armageddon and deliver a double dropkick that sends him flying over the top rope too. Vampire Velasquez I and II are both sinking their teeth into the neck of Apocalypse who is howling out in pain. El Toro Grande gores King Scorpion so hard that it sends him flying halfway across the ring. He then motions to us.

"Get in here, guys," he tells us.

★ El Ángel de la Guarda hace un tendedero que atrapa al Ángel Caído y lo arroja sobre la lona. Lo atrapa con un candado de cabeza y levanta el puño al aire, señalando la Mano de Dios. Pero en cuanto empieza a levantar al Ángel Caído, los discípulos entran al ring. Dogman Aguayo le da un tope de cabeza al réferi, dejándolo inconsciente. Saltan encima del Ángel de la Guarda y lo agarran a golpes hasta tumbarlo. Ni siquiera El Ángel de la Guarda podría sobrevivir tal embestida. Pero ya cuando la esperanza parece perdida, una luz ilumina la pasarela. Parada ahí está Estrella de Plata, pero ¡no está sola! Con ella están el Bibliotecario Enmascarado, La Dama Enmascarada, Vampiro Velásquez I y II y... ¡EL TORO GRANDE!

—Mira sus máscaras —grita Paloma. ¡Está emocionadísima!

—Las veo —le digo. Todos ellos usan máscaras plateadas con flamas color naranja bordadas, ¡los colores del Ángel de la Guarda! ¡Juntos se lanzan al ring para entrarle a la batalla entre las fuerzas de la oscuridad y la luz!

Un tendedero del Bibliotecario Enmascarado hace que Dogman Aguayo se vaya por encima de las cuerdas. El equipo de madre e hija formado por La Dama Enmascarada y Estrella de Plata se amontonan contra Armagedón y le brindan doble patadas voladoras que también lo lanzan por encima de las cuerdas. Ambos Vampiros Velásquez I y II clavan los colmillos en el cuello de Apocalipsis hasta que lo hacen gritar de dolor. El Toro Grande embiste al Rey Escorpión con tanta fuerza que lo lanza a mitad del ring. Entonces nos hace una señal.

—Súbanse, chicos —nos dice.

"Is he talking to us?" asks Paloma.

"Yes, I think he's talking to us," says Gus.

"He did tell us to be ready," says Rene. Carlitos and David both nod their heads in agreement.

"I think you're right, guys," I tell them. "Tio Lalo wants us to put on our masks and join them in the ring."

"What are we waiting for?" screams Little Robert. He's already put on his mask and is charging towards the ring. "Let's go!"

As we enter the ring, Tio Lalo gestures for Little Robert and me to assume a runner's stance next to him. As King Scorpion is standing back up, all three of us gore him together! Gus joins Vampiro I and II and together they dropkick Armageddon over the top rope.

La Dama Enmascarada and Silver Star catapult both Paloma and Spooky up into the air where they both do double backflips before delivering dual missile dropkicks to the back of Dogman Aguayo. The impact sends him tumbling out of the ring.

"I'm sorry, Daddy," I hear Spooky tell her father Dogman Aguayo who looks up at her and does something I have never seen him do before: he smiles.

Rene, David and Carlitos deliver three simultaneous super kicks to the gut of Apocalypse. They knock the wind out of him. He crumbles to the mat gasping for air. Amidst all this chaos, the Guardian Angel and the Fallen Angel continue to trade blows. Back and forth they go till a clobbering right from the Guardian Angel sends the Fallen Angel crashing down to the mat. He then grabs hold of the Fallen Angel and points at me.

—¿Nos habla a nosotros? —pregunta Paloma.

—Sí, parece que sí nos habla —dice Gus.

—Por eso nos dijo que estuviéramos listos —dice René. Carlitos y David están de acuerdo.

—Creo que tienen razón, chicos —les digo. Mi tío Lalo quiere que nos pongamos las máscaras y subamos al ring.

—¿Qué esperamos? —grita Robertito. Él ya se ha puesto la máscara y corre hacia el ring—. ¡Vamos!

Conforme entramos al ring, mi tío Lalo nos hace señas para que Robertito y yo asumamos una posición de corredor junto a él. Cuando el Rey Escorpión se empieza a levantar, ¡los tres lo embestimos! Gus se une a los Vampiros I y II, y juntos atacan con unas patadas voladoras que lanzan a Armagedón por encima de las cuerdas.

La Dama Enmascarada y Estrella de Plata catapultan a Paloma y Spooky en el aire donde ambas hacen volteretas dobles antes de propinarle dos patadas de misil en la espalda del Dogman Aguayo. El impacto lo saca del ring.

—Lo siento, papi —escucho que Spooky le dice a su papá, el Dogman Aguayo, quien la mira y hace algo que nunca le había visto hacer: sonreír.

René, David y Carlitos reparten tres simultáneas superpatadas a la panza de Apocalipsis. Lo dejan sin aire. Se cae a la lona, jadeando. En medio de todo el caos, El Ángel de la Guarda y El Ángel Caído siguen intercambiando golpes. De ida y de vuelta siguen hasta que un derechazo del Ángel de la Guarda lanza al Ángel Caído al suelo. Entonces agarra al Ángel Caído y me señala.

"I could use some help," he tells me. I pump my fist into the air calling for the Hand of God. Together we lift the Fallen Angel up into the air and bring him crashing down to the canvas, hard.

BOOM!!!

The impact is thunderous. Silver Star revives the ring official so that he might groggily administer the three count for the win!

1...2...3. It's over. The Guardian Angel wins! THE GUARDIAN ANGEL WINS!!!

★ —Un poco de ayuda no me caería mal —me dice. Subo el puño al aire pidiendo la Mano de Dios. Juntos levantamos al Ángel Caído en el aire y lo dejamos caer con fuerza sobre la lona.

¡¡¡BUUM!!!

El impacto es tremendo. Estrella de Plata revive al réferi para que administre ¡la cuenta oficial de la victoria!

1... 2... 3... Se acabó. ¡Gana El Ángel de la Guarda! ¡¡¡GANA EL ÁNGEL DE LA GUARDA!!!

21

ONLY LEGENDS LIVE FOREVER
★ ★ ★ ★ ★ ★ ★
SOLO LAS LEYENDAS VIVEN POR SIEMPRE

The Guardian Angel stands triumphant in the middle of the ring, soaking in the adoration from his fans.

The cheering is deafening. Even the now vanquished Fallen Angel is standing at ringside chanting the name of the greatest luchador that has ever lived. All the luchadores emerge from their dressing rooms and make their way to ringside. Technicos and rudos alike surround the ring and begin to chant the Guardian Angel's name. Asking for a microphone, the Guardian Angel begins to address the crowd.

El Ángel de la Guarda se para triunfante en medio del ring, absorbiendo la adoración de sus fans.

Los vitoreos ensordecen. Hasta el derrotado Ángel Caído está parado en la orilla del ring coreando el nombre del más grande luchador de todos los tiempos. Los luchadores salen de sus camerinos y se acercan al ring. Tanto técnicos como rudos rodean el cuadrilátero y empiezan a corear el nombre del Ángel de la Guarda. Éste pide un micrófono y se dirige a la multitud.

"It's hard to believe that it's been almost forty years since I first began this incredible journey as the Guardian Angel," he tells his fans. "It's been an amazing adventure, and I am thankful to each and every one of you for taking this trip with me. It can truly be said that without you all there would be no Guardian Angel."

He pauses for a moment. Even behind the silver mask with the embroidered orange flames, it is evident that he is struggling to hold back tears. "But that journey...that journey comes to its end tonight."

NO! NO! Don't do it! The Guardian Angel smiles, not even trying to hold back his tears any more. "You all have given me so much. I owe everything I am to you. But the time has come for me to say goodbye."

DON'T LEAVE US! DON'T LEAVE US! DON'T LEAVE US!

"I have spent a lifetime being the Guardian Angel," he tells us. "But starting tonight I want to spend the remaining years of my life being something else." The Guardian Angel gestures for Silver Star to join him. "I want to spend the rest of my life being a husband to the woman who I have always loved." That said, the Guardian Angel and Silver Star kiss in the middle of the ring. The crowd erupts!

"I let you go once," he tells her over the microphone. "I will never make that mistake again."

"The Guardian Angel and Silver Star forever," cries out a teary-eyed Vampiro Velasquez.

But the Guardian Angel isn't finished. "There's one last thing left for me to do," he says. "Only legends live forever."

⭐ —Es difícil de creer que han sido casi cuarenta años desde que empecé este viaje increíble como El Ángel de la Guarda —dice a sus fans—. Ha sido una maravillosa aventura, y les agradezco a cada uno por haber emprendido este viaje conmigo. Puedo decir verdaderamente que sin ustedes no habría Ángel de la Guarda.

Hace una pausa por un momento. Es claro, incluso detrás de su máscara plateada con flamas color naranja bordadas, que lucha por contener las lágrimas.

—Pero ese viaje… ese viaje termina esta noche.

¡NO! ¡NO! *¡No lo hagas!* El Ángel de la Guarda sonríe, ni siquiera trata de retener sus lágrimas.

—Me han dado tanto. Les debo todo lo que soy. Pero ha llegado el momento de decir adiós.

¡NO NOS DEJES! ¡NO NOS DEJES! ¡NO NOS DEJES!

—He pasado toda mi vida siendo El Ángel de la Guarda —nos dice—. Pero, a partir de esta noche, quiero pasar el resto de mi vida con otra persona —el Ángel de la Guarda hace una seña para que Estrella de Plata se una a él—. Quiero pasar el resto de mi vida como esposo de la mujer que siempre he amado.

Dicho esto, El Ángel de la Guarda y Estrella de Plata se dan un beso en medio del ring. La multitud estalla.

—¡El Ángel de la Guarda y Estrella de Plata para siempre! —grita el Vampiro Velásquez, sus ojos llenos de lágrimas.

Pero El Ángel de la Guarda no ha terminado.

—Me queda una última cosa por hacer —dice—. Solo las leyendas viven para siempre.

The Guardian Angel begins to unlace his mask. The crowd is stunned into silence: he is going to expose his true identity to the world!

"Don't do it, Tio," I whisper.

NO! NO! NO!

Why is Tio Rodolfo doing this?" I wonder. Nobody wants to see the Guardian Angel unmasked, even if it is by his own hand.

NO! NO! NO!

"Don't do it, Tio," I tell him, pleading. His hands trembling, Tio Rodolfo reaches for his unlaced mask that now fits loosely on his head.

NO! NO! NO!

"Thank you, Max," says the Guardian Angel turning to look at me. "Thank you for believing in me." He turns to face the stunned crowd and slowly begins to remove his mask.

NO! NO! NO!

But just as the mask is about to come off completely, the arena lights flicker and then dim. A blinding spotlight hits the center of the ring, a light so bright that we have to shield our eyes from it. In that light stands the silhouette of Guardian Angel, unmasked. But the light is so bright that his features remain hidden. Suddenly the arena goes dark. Then, one by one, the lights in the arena slowly turn back on.

"Look," cries one of the fans sitting at ringside. "The Guardian Angel is gone."

It's true. The Guardian Angel has vanished into thin air.

El Ángel de la Guarda empieza a desamarrarse la máscara. La multitud pasmada permanece en silencio: ¡está a punto de mostrar su verdadera identidad al mundo!

—No lo hagas, tío —susurro.

¡NO! ¡NO! ¡NO!

¿Por qué hace esto mi tío Rodolfo?, me pregunto. Nadie quiere ver al Ángel de la Guarda sin máscara, ni siquiera cuando es él mismo quien se la quita.

¡NO! ¡NO! ¡NO!

—No lo hagas, tío —le digo, rogando. Con manos temblorosas, mi tío Rodolfo toma su máscara, que ahora está suelta.

¡NO! ¡NO! ¡NO!

—Gracias, Max —dice El Ángel de la Guarda, mientras voltea a mirarme—. Gracias por creer en mí —se voltea hacia la pasmada multitud y lentamente se quita la máscara.

¡NO! ¡NO! ¡NO!

Pero justo cuando está por quitarse la máscara completamente, las luces de la arena parpadean y después bajan. Una luz cegadora golpea el centro del ring, una luz tan brillante que hace que tengamos que ocultar nuestros ojos. En esa luz aparece la silueta del Ángel de la Guarda desenmascarado. Pero la luz brilla tanto que sus características permanecen ocultas. De pronto la arena oscurece. Después, una a una, las luces de la arena van encendiéndose.

—Miren —grita uno de los fans que está sentado en la primera fila—. El Ángel de la Guarda se esfumó.

Es verdad. El Ángel de la Guarda ha desaparecido.

It's as if he's sprouted angel wings and flown back up to the very heavens themselves. The only proof of his presence lies in the middle of the ring: his silver mask with embroidered orange flames. Going down on one knee, I scoop the mask in my hands and stare at it. The Guardian Angel is truly gone. Tears begin to flow uncontrollably from my eyes. I try to stop them, but find myself unable to do so. Vampiro walks over and stands next to me. He places his right hand on my shoulder.

"He's gone," I tell him.

"No, he's not." I know what Vampiro means. I know Tio Rodolfo is alive. Probably hiding under the ring waiting for the crowd to leave. But the character he created is truly gone. The Guardian Angel is no more. "The Guardian Angel is here. I am looking right at him. Show them, Max," he tells me. "Show them that the Guardian Angel still lives. Show them that one day he will return." Standing in the middle of the ring I slowly raise the mask up high for all to see. As I do the crowd begins to chant the Guardian Angel's name.

ANGEL! ANGEL! ANGEL!

ANGEL! ANGEL! ANGEL!

That's when I finally understand that Vampiro is right. The Guardian Angel isn't gone.

Es como si le hubieran salido alas de ángel y se hubiera ido volando hacia el cielo. La única prueba de su presencia está en medio del ring: su máscara plateada con flamas color naranja bordadas. Agachándome sobre una rodilla, levanto la máscara y la miro. El Ángel de la Guarda se ha ido. Empiezan a salir lágrimas incontrolables de mis ojos. Trato de detenerlas pero no lo puedo lograr. El Vampiro camina y se para junto a mí. Coloca su mano derecha sobre mi hombro.

—Se ha ido —le digo.

—Claro que no —y sé lo que el Vampiro quiere decir. Yo sé que mi tío Rodolfo está vivo. Probablemente escondido bajo el ring, esperando que la multitud se vaya. Pero el personaje que él creó realmente se ha ido. Ya no hay Ángel de la Guarda.

—El Ángel de la Guarda está aquí. Lo estoy mirando. Muéstrales, Max. —me dice—. Muéstrales que El Ángel de la Guarda aún vive. Muéstrales que algún día regresará.

Parado en medio del ring, lentamente subo la máscara para que todos la vean. Al mismo tiempo, la multitud empieza a corear su nombre.

¡ÁNGEL! ¡ÁNGEL! ¡ÁNGEL!

¡ÁNGEL! ¡ÁNGEL! ¡ÁNGEL!

Es cuando finalmente entiendo que el Vampiro tiene razón. El Ángel de la Guarda no se ha ido.

He's still here with us. He lives on in me. He lives on in them. He lives on in each and every single one of us chanting his name here today. He lives on in those chanting his name at home as they sit glued to their television sets and computer screens. He lives on in the heart of each and every luchador who has stepped, or will step, into the ring one day. He lives on in the hearts of every child who will one day put on that silver mask with embroidered orange flames and pretend to be him.

The Guardian Angel lives, and one day he will return!

Vive entre nosotros. Vive en mí. Vive en ellos. Vive en cada uno de nosotros que corea su nombre ahora. Vive en aquellos que corean su nombre en sus casas, pegados a la televisión y pantallas de computadora. Vive en el corazón de cada uno de los luchadores que se han subido o subirán al ring algún día. Vive en el corazón de cada niño que un día se pondrá esa máscara plateada con flamas color naranja bordadas y fingirá ser él.

El Ángel de la Guarda vive, ¡y un día regresará!

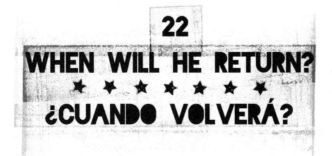

22
WHEN WILL HE RETURN?
★ ★ ★ ★ ★ ★ ★
¿CUANDO VOLVERÁ?

"They made devotional candles to you?" Mama Braulia exclaims. She is stunned by the fact that a vendor at the airport in Mexico is selling candles with the image of the Guardian Angel on them. "They are treating you like some kind of saint."

"I had nothing to do with that," says Tio Rodolfo defensively.

"He really didn't," says Maya. "Even he wouldn't go that far."

Mama Braulia ignores them. "A candle? What's next? Your own religion?"

—¿Te dedicaron veladoras? —exclama Mamá Braulia. Está sorprendida porque un vendedor en el aeropuerto de México vende veladoras con la imagen del Ángel de la Guarda—. Te están tratando como si fueras un santo.

—No tuve nada que ver con eso —dice mi tío Rodolfo a la defensiva.

—De veras que no —dice Maya—. Ni siquiera a él se le ocurriría tal cosa.

Mamá Braulia los ignora. ¿Una veladora? ¿Qué sigue, tu propia religión?

I smile at my mom's words and continue reading the DM I got from Rigo who is secretly the Fallen Angel. He tells me that it was an honor to have gotten to work with my uncle the Guardian Angel, and that he hopes that he gets to work with me in the future. I tell him that he can count on it. I then start to read the lucha libre magazine I pull out of my backpack.

In bold headlines the magazine asks the question on the minds of all lucha libre fans. *Where did the Guardian Angel go*? Already supposed sightings of the Guardian Angel have begun to take place. Some say that he was spotted on top of a pyramid in Teotihuacan. Yet others claim that he was seen helping an old lady cross the street in Veracruz. One lady swears she saw him eating dinner at a taqueria in Monterrey.

The sightings, it seems, are growing by the hour.

I can't help but reflect on how crazy a ride the last three years of my life have been. I went from being an eleven-year-old kid growing up in a small border town to being a part of lucha libre royalty.

"Do you think we will ever see him again?" asks a little kid with brown hair sitting next to me at the airport.

"See who?" I ask him.

"You know who," he tells me pointing at my magazine.

"You mean the Guardian Angel?" He nods his head.

"They say that he just disappeared into thin air. They say that by removing his mask he became…" the boy pauses for a moment trying to remember the word the newscasters used on the morning news.

Sonrío por lo que dice mi mamá y sigo leyendo el DM que recibí de Rigo, quien en secreto es El Ángel Caído. Me dice que es un honor haber podido trabajar con mi tío, El Ángel Guardián, y que espera poder trabajar conmigo en el futuro. Le respondo que cuente con ello. Luego empiezo a leer la revista de lucha libre que saco de mi mochila.

Con un encabezado en letras gruesas, la revista pregunta lo que está en la mente de todos los fans de lucha libre. *¿A dónde se fue El Ángel de la Guarda?* Ha habido supuestos avistamientos del Ángel de la Guarda. Algunos dicen que se le vio en el punto más alto de una pirámide de Teotihuacán. Otros aseguran haberlo visto ayudándole a una viejecilla a cruzar la calle en Veracruz. Una señora jura que lo vio en una taquería de Monterrey.

Parece que cada hora hay un nuevo avistamiento.

No puedo más que reflexionar en la locura que ha sido de mi vida estos últimos tres años. Pasé de ser un niño de once años, que vivía en un pequeño pueblo de la frontera, a ser parte de la realeza de la lucha libre.

—¿Crees que lo volveremos a ver? —pregunta un niño pequeño de cabello café sentado junto a mí en el aeropuerto.

—¿Ver a quién? —le pregunto.

—Tú sabes quién —me dice, señalando la revista.

—¿Te refieres al Ángel de la Guarda? —él acepta con la cabeza.

—Dicen que solo desapareció. Dicen que al quitarse la máscara se convirtió en… —el niño hace una pausa por un momento, tratando de recordar la palabra que usaron los locutores en las noticias de la mañana.

"Mortal?"

"Yes, that's what they said," says the little boy. "What does mortal mean anyway?"

"It means that he became a person like you and me."

"But I don't want him to be like you and me," he tells me. "I don't want him to be mortal. I want him to be the Guardian Angel." I look up and see Tio Rodolfo looking at both me and the little boy. I know he heard what the little boy said to me.

"Mortal or not, the Guardian Angel will never leave us," I tell the little boy. "He will live forever in our hearts." I reach into my backpack and pull out the silver mask with embroidered orange flames I wore at last night's show. I stare at it for a moment and then hand it to the little boy.

"For me?" He asks.

"Yes," I tell him. "I have another just like it at home." I look up and see Tio Rodolfo smiling. He nods his head and gives me a wink before turning around and putting his arm around Maya.

The brown-haired boy places the mask over his face and stares out at the world for the first time through teardrop-shaped silhouettes. I know what he's feeling right now. I have felt it too. For a moment I am transformed back to that fateful night when I first donned the silver mask with embroidered orange flames. So many great things have happened to me since. Yet I can't help but feel that the best is yet to come.

"Don't wander off like that, Little Joaquin," I hear the boy's mother say. "I was worried sick when I couldn't find you."

—¿Mortal?

—Sí, eso es lo que dijeron —dice el niño pequeño—. ¿Qué quiere decir mortal?

—Significa que se convirtió en una persona como nosotros.

—Pero yo no quiero que sea como nosotros —me dice—. No quiero que sea mortal. Quiero que sea El Ángel de la Guarda.

Veo hacia arriba que el tío Rodolfo nos está viendo. Sé que escuchó lo que el niño me estaba diciendo.

—Mortal o no, El Ángel de la Guarda nunca nos abandonará —le digo al niño—. Vivirá para siempre en nuestros corazones.

Saco de mi mochila la máscara plateada con flamas color naranja bordadas que usé durante la lucha de anoche. La miro por un momento, luego se la ofrezco al niño.

—¿Para mí? —pregunta.

—Sí —le digo—. Tengo otra igualita en mi casa.

Veo hacia arriba que el tío Rodolfo está sonriendo. Inclina la cabeza y me hace un guiño antes de poner su brazo alrededor de Maya.

El niño de cabello café se pone la máscara y observa al mundo por primera vez desde las siluetas con forma de lágrimas. Sé lo que siente en este momento. También lo he sentido. Por un momento regreso a esa noche cuando me puse por primera vez la máscara plateada con flamas color naranja bordadas.

Muchas cosas geniales me han pasado desde. Pero aún así, no puedo dejar de pensar que lo mejor está por llegar.

—No te alejes así, Joaquincito —escucho que dice su mamá—. Me preocupé mucho cuando no te encontraba.

"So your name's Joaquin," I ask the little boy. He nods his head. "Nice to meet you, Little Joaquin. I'm Max."

"We have to go, Joaquin," says his mom. "Give the young man his mask back."

"No," I tell her. "He can keep it. I gave it to him."

"Are you sure?" I nod my head.

"The Guardian Angel will return one day, Little Joaquin," I tell him. "I promise you that." As I watch the boy and his mom walk away, I realize that Little Robert has been standing behind me all this time.

"It's true," says Little Robert walking up to me. "The Guardian will return, Max. But the question that hasn't been answered yet is this: will you be wearing that mask? Or will it be *me*?"

—Así que te llamas Joaquín —le pregunto al niño. Él acepta con la cabeza—. Mucho gusto en conocerte, Joaquincito. Yo soy Max.

—Nos tenemos que ir, Joaquín —dice su mamá—. Regrésale al muchacho su máscara.

—No —le digo—. Puede quedarse con ella. Se la regalé.

—¿Estás seguro? —afirmo con la cabeza.

—El Ángel de la Guarda regresará un día, Joaquincito —le digo—. Te lo prometo.

Mientras que veo al niño y su mamá alejándose, me doy cuenta que Robertito ha estado parado detrás de mí todo el tiempo.

—Es verdad —dice Robertito—. El Ángel regresará, Max. Pero la pregunta que nadie ha respondido es esta: ¿serás tú quien regrese usando la máscara? ¿O seré *yo*?

XAVIER GARZA was born in the Rio Grande Valley of Texas.
He is an enthusiastic author, artist, teacher and storyteller whose
work is a lively documentation of the dreams, superstitions and
heroes in the bigger-than-life world of South Texas. Garza has
exhibited his art and performed his stories in venues throughout
Texas, Arizona and the state of Washington. He lives with his wife
and son in San Antonio, Texas, and is the author of stacks of books.

More Books *by* XAVIER GARZA

MAX'S LUCHA LIBRE ADVENTURES

MAXIMILIAN & THE MYSTERY OF THE GUARDIAN ANGEL
Maximilian y el misterio del angel de la guarda

MAXIMILIAN & THE BINGO REMATCH
Maximilian y la revancha de lotería

MAXIMILIAN & THE LUCHA LIBRE CLUB
Maximilian y el club de lucha libre

BILINGUAL PICTURE BOOKS

THE GREAT AND MIGHTY NIKKO!
¡El gran y poderoso Nikko!

LUCHA LIBRE: THE MAN IN THE SILVER MASK
Lucha Libre: El Hombre de la Máscara Plateada

CHARRO CLAUS & THE TEXAS KID
Charro Claus y el Tejas Kid

CPSIA information can be obtained
at www.ICGtesting.com
Printed in the USA
LVHW022105270120
644969LV00003B/3